がらくた博物館

Minako Oba

大庭みな子

JN033759

P+D BOOKS

小学館

目次

犬屋敷の女

I

マリヤ・アンドレエヴナのことを町のひとたちはなんとなくヘンな女、というふうに思っていた。まず第一にマリヤは四頭の狼《おおかみ》のようなシベリヤ犬と一緒に人間の家というよりは犬小屋といった方がよい家に住んでいて、ごく一、二の者を除いてはどんな訪問客も家の中に請《しょう》じ入れなかった。またマリヤはロシア生れなので、妙な英語でトンチンカンなことを言って人々を煙《けむ》にまいた。

たとえばマリヤは町で顔見知りの者に会うと、「まあ、いいお天気ですね。踊り出したいみたいですねえ。——だけど、あたしは忙しいんです。ゆうべ、背中に鋭いキリを刺しこまれるみたいなひどい痛みがあって、病院に行かなくちゃならないのに、電話をかけたら、レントゲン技師が休みだっていうんです。何てことでしょう。あたしはちゃんと市に税金を払っているのに。市立の病院にレントゲン技師がたった一人しかいないなんて。

ああ、何て空の青さでしょう。眼にしみるみたいな青さで、じっとみつめていると、涙が流れて来ますわ。あたしが若くて美しかった時なら、あたしはこんな日には何もしないで、一日窓辺で花を眺めて小鳥の囀《さえず》るのを聞いていました。何もしなくたって、生きる喜びが自然に湧《わ》いてきたもんです。ところが今じゃあ、鋭いキリが背中に突き立てられている。――元気なときはともかく、病気のときはじっと家の中で寝ているなんてことはできませんよ。朝になったら死んでしまっている、ということも考えられますしね。

ではさようなら。病院に行かなくちゃならないんです」と言い、せかせかと歩いて行く。

話が何となく突飛《とつぴ》で途中で飛躍し、トンチンカンであるばかりか、外見もまた異様であった。赤毛で大女で色が浅黒く、乞食女のような薄汚い風体《ふうてい》でうつむいて歩いているかと思うと、貴婦人のように着飾っていたりした。大体、赤毛で色が浅黒いというのは滅多にないとり合わせで、多分染めているのではないかと思う。アヤという日本人の女が親友で、しょっ中連れだって歩いていたが、大女のマリヤがのっしのっしと歩くと、小女のアヤが走るようにちょこちょことその後を追って歩くのである。二人は年中深刻な顔付きで何やらひそひそと喋り、突然突拍子もない大きな声で笑ったり、どんとテーブルを叩いたりする。また、二人で雨の中で薄汚れたネッカチーフをかぶり、首から空缶をぶらさげてきのこや野いちごを採ったり、海辺の尖った岩に腰かけて、柳の枝に糸をつけて魚を釣っていたりした。

日本女のアヤはマリヤの親友というにふさわしく、やはり妙な女であった。髪があかるい栗色で、虹彩《こうさい》がはっきり見える薄茶色の眼で色白だったから、ちょっとみると白人のように見えなくもないが、決して戦後の混血児などではなく、生粋《きっすい》の日本人だということである。年は二十五、六に見えるが、ほんとうはもっと年だろう。チヅという連れ子が一人あって、ラスといううよろず修繕屋の妻になっていた。ラスはよろず修繕屋の他に町のひとたちががらくた博物館と呼んでいるがらくたを陳列した幽霊船の持主でもあった。

ラスは禿《はげ》で、そんなとしでもないのに、耳がよく聞えなかった。いちいち聞き返すのは面倒らしく、他人が何か問いかけても、半分ぐらいはトンチンカンな返事をした。

「今、何時ぐらいでしょうか」

「そうですねえ。大統領は、すっちまってももともとの、バクチかなんかで稼いだ金のある奴がしなきゃダメだ、というのがわたしの持論です。ともかく、金のない奴はサモしくてね。どうしても卑劣なことをする」というふうである。

しかし、妻のアヤの言うことはよく聞えるので、アヤは自分の亭主の耳がそんなに遠いとは思っていなかった。ちょっとした言い方とかカンどころがあって、長年そばにいる者となら不自由ないのだろう。

「女房のLとRのごっちゃ混ぜの、ア・オ・イ・エ・ウっきりない母音のヘンテコリンな日本英語なら通ずるが、立派な英語じゃ聞えないってわけよ」とみんな言っていた。

アヤは時とすると、日本の着物なぞ着こんで、町を歩いていることもあった。時代ものの紅《も》絹裏《み》のついたもので、袖丈が長く、衿をひきつらせて、裾をひろげ、帯を胸高にしめ、袖に両手をさし入れて帯の前で重ねるように胸をかかえて、しゃなりしゃなりと歩いていた。みんなキモノは飛行機の広告と映画でしか見たことがなかったので、「ゲイシャ・ガールだ」と言って眺めていた。

親しい者は寄って来て、袖や帯のあたりにさわってみたりした。「オバというのは、デコレーションのほかにも、何ですか、つまり、その、コルセットのような役割もするので？」と訊《き》くと、「オバではなくてオビです。さあ、コルセットねえ。少し位置が違いますけれど」とアヤは答えた。

「このタックは、つまり、ポケットのような役割もするので？」とおはしょりのあたりをさわってみたりする。

「袖ならまあ、ポケットの代りにならなくもないけれど。このタックはまあ、ここで背の高いひとだの、低いひとが、加減をするだけなんです」とアヤは答えた。

もちろん、マリヤは親しい友人だったのでアヤの着物を下着まですっかり脱がせてみて、腰《こし》紐《ひも》の数まですっかり数え、そのからくりがどんな具合になっているかよく知っていたので、何かあると得意げに着物の知識を吹聴《ふいちょう》していた。

そもそもどういうわけでマリヤとアヤが友達になったかというと、マリヤの犬がアヤの猫を嚙《か》み殺したからである。アヤのペルシャ猫をマリヤのシベリヤ犬が三匹の仔連れでとりまいて襲ったのだ。そもそもこの悲劇は、アヤのペルシャ猫のマシマロが、或る日、庭先にマリヤの赤い毛のソックスが風でとんで来たのを見つけて、咥《くわ》えてマリヤの家を訪問したということに始まった。マシマロが赤い毛のソックスを咥えているのをみると、四頭のシベリヤ犬はたちまちその周りをとり囲み、あっという間に嚙み殺してしまったのだ。マシマロは一番最初、アキレス腱《けん》をやられて、木にも登れず、うずくまったところを、四方からとり囲まれて、がっ、がっ、がっとやられ、最後に咽喉笛《のどぶえ》を嚙み切られたのだった。

マシマロが赤い毛のソックスを咥えて草むらに死んでいるのを塀のこちらがわからアヤは見つけて、気違いのように泣き叫び、マリヤに電話をかけた。

「あなたの狼が、うちの猫を殺したのよ。ああ、ああ、ああ」とアヤは泣き、「撃ち殺してやるから、あんたの狼を」と叫んだ。けれど、アヤは四頭のシベリヤ犬が怖くて、マリヤの家に入っていくことができなかった。

間もなくアヤの夫のラスが帰って来て、話をきくとライフルをひっつかみ、マリヤの家に怒鳴りこんだ。

「どの犬だ。狼め、さあ撃ち殺してやる」と言い、マリヤが出てくると、マリヤに銃口を向けて、犯人の犬の前で立ちはだかっているマリヤにどくように言った。

マリヤはそのとき、鎖でつないではあったが、鎖を切らんばかりにして彼女の後で吠え立てている四頭のシベリヤ犬の前にすっくと立ち、「犬を殺すんなら、まず、あたしをお撃ち。この犬はあたしの命の恩人なんだ。この犬はあたしを襲おうとした黒ん坊の咽喉笛をかみ切って、あたしを助けてくれたのさ」と言った。

そのときはみんな興奮していて、言葉遣いが乱暴になっていたのである。けれど、普通はマリヤは丁寧なものの言い方をした。だからしばらくすると、マリヤは落ち着いて、「犬が猫を殺すのは持って生れた性質で、猫が鳥を追うのも、持って生れた性質なんです。あなたの猫はあたしのカナリヤを食べちゃったのよ」と言った。

それでラスもどうしようもなくて、引金から手をはずすしかなかった。

マリヤはマシマロの墓を作る手伝いもした。ラスが穴を掘って、ダンボールの箱に入れたマシマロを最後にアヤに見せてから、蓋《ふた》をしめて土をかけ、土饅頭《どまんじゅう》に盛ると、マリヤはジギタリスとデイジイを沢山摘んで来てコークの缶にさして供えた。アヤは泣き通しで、マシマロのなきがらをまともに見ることもできなかった。

マリヤはマシマロがカナリヤのベルの黄色い羽を唇にいっぱいくっつけていたときのことを思い出し、涙をこぼした。

ベルの鳥籠は冷蔵庫の脇に吊してあったのだが、冷蔵庫がジイーッと音を立て始めると、一緒に囀るのだった。番《つが》いにしてもやらなかった、とマリヤは思い、孤独だったベルが冷蔵庫と一緒に囀っていた歌を思い出して泣いた。

アヤはずっと前、マシマロがどこかで鳥を食べて来て、咽喉に骨を立て苦しがっていたことなども思い出し、黙って泣いた。

ともかく、そういうふうにしてマリヤとアヤは親しくなったのである。猫とカナリヤと犬については、それ以後二人とも話題にするのをさけた。ラーラ（母親犬の名）は三匹仔犬を持っていたので、気が立っていたのだと、マリヤは言いわけしただけだった。あれが仔犬なものか、とアヤは思ったが、昨年その三匹の仔犬が生れたとき、マリヤが日本語で犬のことを何と言うか、と訊きに来たことを思い出して黙った。マリヤは三匹の仔犬に、「イヌ」「フント」「ペロ」という名前をつけた。ほんとうは仔犬のほうは雑種なのである。それぞれに日本語とドイツ語とスペイン語で犬という意味だそうである。マリヤが犬を「イヌ、イヌ」と呼ぶのをアヤは滑稽だと思っていた。その三匹の仔犬は今では母親のラーラよりもっと大きいくらいの獰猛《どうもう》な感じのする狼犬になっていた。

この四頭のシベリヤ犬のお蔭で、マリヤの家に這入《はい》っていく者は誰もいなかった。親しくなってからアヤが行くときは、マリヤは彼等を厳重に鎖でつないだ上に、見張っていたが、それでもアヤは怖ろしがった。へっぴり腰で、マリヤにしがみつくようにして、指さされた椅子に坐るのである。マリヤは四頭の犬を家の中で飼っていたから、それはまさに人間の家というよりは犬屋敷であった。銀色の毛のとび散る、むっと犬の匂いのする中に、緑色の長い部屋着を着て、四頭の犬にとり囲まれているマリヤは妖《あや》しい魔女のように見えた。

マリヤの犬屋敷（町の人達はみんなそう呼んでいた）はダイニングキチンと寝室とも居間と

もつかないかなり広い部屋があるきりの家で、その広い部屋の片隅にはすりきれたトルコの織物のカーテンをひいたダブルベッド（シングルベッドではない）があり、その脇に四匹の猛犬が牙をむいてうずくまっている。家具といえばベッドの他に粗末なダイニングセットがあるきりで、大きな長持ともトランクともつかない箱が五つ六つそこここに置かれていて、サイドテーブルや棚代りに使われていた。これらの長持の上にはとても立派なワイングラスや銀の燭台《しょくだい》や、それから真鍮《しんちゅう》のサモワールや変った時計や、聖母の像などがあった。時計は鉄の小さな馬車の模型といったもので、鞭《むち》をふり上げた山高帽の馭者《ぎょしゃ》の顔を、青白くガス燈が照らすような仕掛けになっていて、その鞭のひとふりが振子なのである。ときどき時刻を告げる、海の底で何かが低く呟くようなトーンという音がする。この英国製の時計にアヤの夫のラスはひどく執心で、買いとって自分のがらくた博物館の蒐集《しゅうしゅう》に加えたいという意図があって、そのために妻のアヤを年中マリヤのもとに出入りさせている、というふしもあった。また、ちょっとみると三白眼のような感じの聖母の画像はビザンチン風のモザイクで、東洋のごたついた幻想趣味が田舎くさく加味された代物ではあったが、何かの思い出でもあるらしくマリヤは非常に大切にしていた。

ベッドのそばに渡したロープには、二、三十枚の衣類がまるで古着屋の軒先みたいにかけられている。長い部屋着、スラックス、サリのような布切れ、スウェーター、マフラ、ストッキング、光った布地のイヴニングドレスやカクテルドレスもある。花のついた帽子なども洗濯挾みのようなものでヴィニールのロープにとめてある。

それから、おびただしい本の箱。ダンボールに入れてみんなテープでとめてあるが、二つ、三つは口があいていて、ドストエフスキー、チェーホフ、ツルゲーネフ、プーシュキンなんかが見える。彼女は二言めにはこう言った。

「ああ、あたしの大切なプーシュキンが、あんなくだらない奇妙な言葉になっちゃうなんて。まあ、何て英訳だろう。ほんとにあのひとたちは何もかも滅茶苦茶にしちゃう。あたしは本屋へ行って英訳のプーシュキンやチェーホフを読むと涙が出てくるのよ」

そしてアヤが「昔、チェーホフの芝居を日本語で演《や》ったことがある」などと言おうものならいきり立って、それはどんな種類の翻訳だったか、大体翻訳などは全く価値のないマヤカシものであると詰めよるのだった。アヤはマリヤのこのやや過激な翻訳論に辟易《へきえき》し、マリヤのまくしたてるヘンな英語を聞きとるのに苦労しながら、美しいロシア語を熱愛するマリヤが呻吟《しんぎん》して他国の哀れな言葉を喋っているのに胸が熱くなった。

マリヤはカットグラスの一つを銀の匙《さじ》でチーンと叩き、「ねえ、何てよい音でしょう。その辺りに売っている安物とはわけが違うわ。町長さんがね、是非売ってくれって、何度も言うんだけれど、今のところ売る気はないの。もっとも、ラスなら別だけれど。――あたしは、毎晩これでシェリーを飲むのよ」と唇にあてる。

その唇は厚ぼったくて、幾分出っ歯のところなどは、少しは東洋の血が入っているのかも知れなかった。彼女は常々自分の年を五十八だと言っていたが、勘定をしてみるといくらか合わないふしもあるから、ほんとうはもう少し年取っているのではないかとアヤは思っている。しかし、いずれにしても年よりはずっと若く、五十ぐらいにしか見えなかった。モザイクのマドンナの斜め脇にはポスターみたいに大きい、美しく修整したマリヤ自身のポートレイトが立派な額ぶちにはめられて笑っていた。マリヤは時々その自分のポートレイトに向って、「今日は、マリヤ、御機嫌如何?」と言うのである。それはまるで、死んだ娘に向って物を言いかけているような調子であった。その自分の写真の脇には更にもう一枚のポートレイトがあったが、それはマリヤにとてもよく似ているが、若くて美しい女で、それこそ正真正銘のマリヤの娘なのだそうである。なんでもそのドーリャとやらいう名の娘はカリフォルニアのさる有名な歌劇団の歌手なのだそうだが、ピアニストでもあり、そのリサイタルに関してはこれこれこうこうの評が出た、と丁寧にスクラップブックに貼りつけた写真入りの切り抜きの数々をその証拠として見せた。実際、誰だってこの犬屋敷に住んでいるヘンな女の実の娘がピアニストとして名があったり、インチキでない歌劇団のコーラスガールでない立派な女優だなどと、れっきとした証拠品でもない限り信じないだろう。それにオペラ歌手が同時に有名なピアニストであるというのもへんな話だった。もっとも「そんな立派な娘があるんなら、どうしてその娘と一緒に住まないの」と訊かれるのはたまらないから、この証拠品は人を選んでしか見せないのだそうである。

「あたしを理解してくれるひとにでなくっちゃね。ほんとのことを話すのは。トンマなことを訊かれていちいち返事をするのはやりきれないもの」とマリヤはアヤに言った。そういうわけでアヤとしてはマリヤに、滅多なことは質問できないのだった。

「ドーリャの亭主は好男子じゃないけれど、まあ、お金持なのよ。そうです。芸術家ってのは昔からパトロンが要ると決っているもの。生活のことを気にしないで好き勝手なことができるんじゃなきゃ、どんな創造力だって死んじゃうもの」マリヤはきっぱりと言った。

マリヤ自身はこのむっといやな匂いのする犬の毛のとびちった小屋の住人にふさわしく、薄汚い乞食ばあさんの風をしていることもあったが、時によるとどこから見ても前身はよくわからないにしても、富豪の老婦人というういでたちで町を歩いていることもある。純白の手袋をはめて、裾の長いイヴニングドレスに、どう見つもっても数千ドルはする毛皮のコートをはおってそぞろ歩きをしているマリヤに出会《でくわ》して、そわそわしてしまう老紳士もあるぐらいだった。そうかと思うと、目も醒《さ》めるように鮮やかなトルコ石の色の帽子――太い毛糸で編んだスキーかスケートのときに若い娘がかぶるようなもの――をかぶって、黒いスウェードのジャケットに、同じトルコ石の色のスキーパンツにエナメルのブーツをはき、琥珀《こはく》色の一センチほどの厚いフチのあるイタリア製サングラスをかけて銀行に坐っていることもある。

彼女は町のギフトショップの店番をしているが、これは彼女が所有している店ではなく、カルロスという印刷屋が持っているもので、彼女は単にその帳簿を預っているだけなのだ。このカルロスという男は、十年程前、突然この町に南の方から自分で造ったというヨットに乗ってやって来て、そのままこの町に居ついてしまったのだが、女に関してロマンティックな噂の絶えない男だった。

ところでマリヤとカルロスとの関係はと言うと、どうもみんなはっきりつかめない。何れにしても彼女にその店をやらせている以上、何か特別の関係がありそうに思えるのだが、不思議なことに誰一人としてこの男がマリヤの犬屋敷に這入って行くのを見たこともなければ、その男の車が犬屋敷の近所に止っていたこともなかった。また町中のホテルやモーテルはみんな顔見知りの町の顔役の経営だったから、とても町の住人が白っぱくれて泊りこんだりすることは不可能だと言うのである。もちろん二人は仕事の打合せのため、コーヒーショップやレストランなどで一緒に坐っていることはあったが、ただそれだけなのである。

今ではマリヤは年も年だし、いくら話好きの町の人々でもしまいには詮索するのも飽きてしまって、放ってある状態だ。

この印刷屋のカルロスといい、日本女のアヤといい、その夫のラスといい、マリヤと共にこのアメリカの北の海辺の小さな町では、人が大勢寄ったりすると、何となく話題にされがちな人物であった。彼等に共通していることは、どこか傲慢で、人を人と思わぬところがあり、その癖人好きでお喋りで、好奇心が強いということであった。

この町は前世紀の半ばまではロシアの植民地であったので、ロシア正教の緑色のドームの教会があったり、町の主な通りの名が凡《すべ》てロシア名であったりする。また町の人々は、あまり食通とは言えないアメリカ人には珍しくジャム入りの甘酸っぱいロシア茶を飲んだり、イクラや鮭の酢漬けを食べたりする。もっともアメリカという国はこの町に限らず、せいぜい数世代前に、ヨーロッパのどこかの国から新世界を求めて渡って来た、一種の家出人たちが寄り集って出来た国だから、地方の小さな町には、ヨーロッパの本国ではすっかり消えてしまった古い風習をいつまでも奇妙な形で持ちつづけて、スイス村とかポーランド村とか言っている物語めいた町が沢山ある。

彼等はみんなその祖先に流れ者の血を持っているので、流れ者に対して寛容であり、理解もあった。もちろんこの町には街の名こそロシア名が多いとは言っても、ロシア人の子孫はそう沢山いるわけではなく、ごったな寄り合いなのだ。そして純粋なロシアの文化はそれぞれの人間に都合のよいように造り変えられ、実際にはとんでもない奇妙な味の飲み物がロシア茶だと言って供されたりすることも少なくない。

そんな中で、マリヤ・アンドレエヴナは常に憤慨して、アメリカ人は浅薄な教養のない人種だと罵っていた。しかし、考えてみると、ロシア女のマリヤにしろ、日本女のアヤにしろ、またスペインの男カルロスにしても、そろいもそろって、典型的なロシア人とか日本人とかスペイン人とかいうのとは、似ても似つかぬ人間たちなのではないかと思われる。だから一人や二人の人間を見て、あれがロシア人だとか、あれが日本人だとか、あれがアメリカ人だとか判断を下すのは大して意味のない場合が多い。

もし強いて人間を分類したいのであれば、反逆的な人間とか、服従の好きな人間とか、威張るのが好きな人間とか、自由を求めずにはいられない人間とか、幻を追う人間とか、いうふうに分けたほうがずっとよい。

そんなわけで、これは決してアメリカの町に住むロシア女の話ではなく、単に、マリヤ・アンドレエヴナという名の犬屋敷に住む女の話である。

マリヤ・アンドレエヴナの親しい女友達のアヤには、奇妙な癖があった。アヤは町の郵便局の階段を慌てふためいて駆け上り、上りきると急にうなだれてドアの中にいつまでも這入らずに、外で雲を眺めてぼんやり突っ立ったまま、にやにや独りで笑ったり、妙なことを呟いたりするのである。「ああ、きれいだ」とか、「ほんとにイヤだ。あんなひとはコレラに罹《かか》って死んでしまえばよい」とか、「それは困ります。絶対に困ります。何と言ったって駄目なものは駄目です」とか言うのである。

マリヤはこのアヤと一緒に海辺の岩に腰かけて、よく一日魚を釣っている。泥だらけのハチきれそうなジーンズをはいた大女のマリヤと、ちっぽけな熟れない杏《あんず》にこよりで手足をつけた人形といった感じのアヤが並んで岩角に坐って、釣糸を垂れ、ときどきぴくぴくと竿を動かしている。

「釣れましたか」と訊くと、五時間やっているけれど一匹も釣れない、と言うのである。「いないんじゃないんですか。この辺りには」と言うと、「そんなことはない、そこら中にいっぱいはねている」と言うのである。「でも、それなら、一度ぐらいは喰いがあったって」と言うと、「海は広いし、いくら魚がいたって、この大海で魚の占める体積は知れていますからね。運が悪いんです。でも、諦めずにやっていれば、たまにはね」と言って止めない。

第一、彼女たちの用いている釣竿は竿といえるほどのものではなかった。ただの柳の枝なのである。細い、よくしなう、鞭にしたらよいようなむけた皮と白い芯の間がまだ緑色の柳の枝である。そのまま土に挿《さ》したら、芽が吹きそうな生きている柳の枝である。その柳の枝に糸だけはナイロンの釣糸をつけてときどきぴくぴくと枝を動かしている。餌が水の中で動かないと魚が食いつかないからだそうだ。かたわらに機《はた》を織る時に使う大きな糸巻のようなものを置いているが、それはもしかして魚がかかったときに、糸を巻きあげるものだそうだ。

ほんとうの釣師たちは、「あの釣竿じゃあねえ。糸を加減して出すこともできやしないし、餌のつけ方だってどんなふうにしているのかねえ。大体、磯釣りならスピニングリールでやらなけりゃだめだね」と言っている。実際、今時、魚釣りには子供だってリールを使っている。柳の枝にナイロンの釣糸をつけたようなやり方は、牧歌的というよりは盥《たらい》の中で鯨を釣ろうとする阿呆のサイモンの釣りみたいなものだ。何でもマリヤは五年間毎夏釣りをしているが、鮭がかかったのはただの一度で、その時はただいたずら半分に錘《おもり》を底につけて、チクチクと柳の枝を動かしていたら、すごく大きなのがかかったのだ。その時は糸を巻きあげるのにひどく苦労をして、危うく、てのひらを切りそうになったが、スカーフを当てながら悪戦苦闘の末、やっとの思いでひきあげることができた。それは卵を持った腹が紅色に光る大層美しい魚で、マリヤは見ても見ても見飽きなかった。もっとも、マリヤはすごく大きいと言っているが、ほんとうの大きさはそれほどでもなく、まあせいぜい五キロぐらいだった。この辺りで釣れる王様鮭の大きいのは二十キロぐらいあるから五キロでは大物とは言えない。その上、それが果して王様鮭であるか、ただの銀鮭であるかもはっきりしなかった。王様鮭は灰色の尾の部分に一面に散った黒い斑点があり、銀鮭より体の形が丸っこいので判別されるが、マリヤの釣り上げたのは、この斑点が尾のごく附根の部分にしかなかった。体の幅も王様鮭にしては少し足らなかったが、ただ肉の色は全く王様鮭だった。銀鮭は赤みが強く肉のつやが脂肪の多いオレンジの利いた王様鮭と全然違う。銀鮭は群をなしてやってきて数が多いので、みんなあまり珍重せず、同じ大きさでも王様鮭だと釣師たちは尊敬した。何しろ王様鮭はあまり群をつくらず、いつも孤独に海の中を泳いでいる魚だから、そう滅多なことでは釣れないのだった。

もちろん、マリヤは、それは王様鮭だと言い張ったが、町の人々の論議はまちまちで、心の優しい、「一文の損得にもならぬから、まあ賛成しておけ」といった者が、ごく二、三人王様鮭だろうと認めただけで、他の者は「斑点が少なすぎるし、形も少し違うし、はっきりしないねえ」と言ったり、「銀鮭の変形じゃあないですか。多分」とひどく冷酷に言ったりした。しかしマリヤは断固として譲らず、食べた味からいっても王様鮭であることは絶対間違いない、

「あたしは自分が大して才能のある人間だとは思っちゃいませんが、味覚に関しては絶対自信があるんです。あたしは一度食べた料理の味ならほとんど間違いなくもう一度作り出せるし、新しい変った香辛料なら、たとえひとふりだって入っていればわかる舌を持っています。調味料と香辛料の組合わせを舌だけで正確に知ることができるんですよ。あたしが気をひきしめていないとあっというまに肥っちゃう体質だというのも、もとはと言えば、あたしの舌が敏感すぎて、美味しいものに対する執着が強いからなのよ」とマリヤは言い、自分の舌が確かに味わった彼女自身の獲物である正真正銘の脂ののった王様鮭の味を強調した。

と言い張った。

果して王様鮭であったか銀鮭であったかはともかくとして、そんな奇妙な釣り方でも釣糸が偶然お腹の空いた魚の眼の前にぶらさがれば魚は喰いつくものだということは確からしい。マリヤはその時以来すっかり鮭釣りの病みつきになって、ずっとそのやり方で通していた。「もともと釣りなんてのは原始的なものなんだから、柳の小枝で詩的な想いにふけりながらやるもんだわ。それに比べて、リール釣りなんてのは、機械にかぶれた現代人の思いついた味もそっけもないやり方ですよ」とマリヤは言った。

親友のアヤは、「ほんとにそうよ。機械の中で現代人たちはみんな雷にあった原始人みたいにたちすくんでいるんですものね。何でも最近は電話料はコムピューターで計算されるとかいうことで、うちじゃ先月、使いもしない電話料が三百ドルも請求されて来て、ラスはかんかんになって電話局に怒鳴りこんだのよ。わたしが日本の親にこっそり国際電話でもかけたんじゃないかって疑われたけれど、ラスが〈訴えるぞ〉ってわめき立てたので、電話局じゃやっとひき下ったの。でもどうでしょう。電話局の言い分ったらこうなの。〈機械に間違いがある筈はございません〉だって。こんなことじゃ全く末恐ろしいわね。その中《うち》、怒鳴ったって喚《わめ》いたって、どうにもならないような世の中がくるに違いないわ」と相槌を打った。

こんなふうに、二人の話はどんなことから話が始っても、何となく同調するし、うまい具合に発展するのであった。

マリヤもアヤも食べることに関しては異常な情熱があり、この辺りでは魚の中には数えられないような小骨の多い、身の柔らかな雑魚《ざこ》とか蛤《はまぐり》などもブイヤベースにして煮こんだり、さまざまな海藻をピックルスにしたり、昆布についた数の子やイクラを特別な漬け方で珍味にする才能があった。海藻に関してはアヤがよく知っており、鰊《にしん》の酢漬けなどと和《あ》えたりして珍味をつくった。

しかし、町のひとたちはこんな二人の趣味をイカモノ喰いだと悪口を言っている気配があり、そのことを二人とも気づいていたから、アメリカ人の趣味の無さを嘲笑《あざわら》って、「カタツムリも、イカも、タコも、カニだって喰べられない人種なんですからね。まあ舌の感覚が普通以下なんだから仕方がない。音痴に歌を歌わせようたって無理だわね」と言って自分たちだけで愉しんでいた。

こんな具合にマリヤとアヤが年中一緒にいるということの理由には話が合うからということもあったが、普通のひとたちには相手にして貰えないということもあった。魚釣りの他にも、きのこ狩、野いちご摘み、スケートや水泳なども一緒にした。そういうとき、二人はすりきれたジーンズにくしゃくしゃのジャケットというひどいなりをして夢中になっていた。

野いちごの繁みの中で二ポンド入りのコーヒーの空缶に紐をつけて首からぶら下げ、ブルーベリーやハックルベリーを摘み入れ、ときどき自分でも食べるので、唇を紫色にしていた。誰かがそばを通りかかると、「今年のブルーベリーは粒が大きくて、虫喰いが少なく、最高ですよ。マフィンに入れて焼いて、熱いうちにたっぷりバタを塗って、じゅうっととけていくのを口の中にほうりこんでごらんなさいな。何とも言えないよい香りでね。まあ、二ポンド肥るのはうけあいね。まあ、しばらく鏡を見ないでね。ちょっとヨガをやればまたもとに戻りますよ」と言うのである。

またマリヤはきのこに関してはなかなか知識が深かった。普通のひとは誰も知らないきのこにでも大層美味しいのがあって、伝統的な料理方法があることを知っていたが、非常に生命を大切にするたちだったので、少しでも疑わしいきのこは決して軽はずみに食べてみたりはしなかったし、他人に教えるときも慎重すぎるまでに良心的であった。その点アヤの方はマリヤよりずっと若いので、生命を軽視する傾向があり、あまりはっきりしない新しく見つけたきのこでも食べてみる勇敢さがあった。もちろん、図鑑や二、三の専門書を読んで調べることはしたが、マリヤも首をかしげるきのこをバタでソテーにして胡椒をふりかけてほんの少し食べ、二、三時間経っても何事も起らないと大量に食べたりする意地穢《きたな》さがあった。そういうアヤの冒険心をマリヤはきつくたしなめ、きのこの類は非常に似通っていても猛毒なものがあるのだから、伝統的に祖母や母親から手にとって教えられたものでなければ、決して食べてはいけないと言った。

しかしアヤはマリヤが黒人の強盗に襲われて以来、どんな人種平等論に対しても黒人だけは例外とすることから見ても、マリヤは偏狭な経験主義者だと思っていたので、きのこに関しても自分のやり方の方が立派だと思っていた。そしてアヤはマリヤに、自分がもし試食したきのこのために死ぬようなことがあれば、墓碑銘に、「研究心に富む、勇敢な女、新種のきのこを食《くら》いてこの下に眠る」と彫ってくれ、とかねがね言っていた。しかし、マリヤは、「愚かな、食い意地の張った女、毒きのこを食いてこの下に眠る」としか彫らないと言い張り、その無謀をかたくいましめた。だが、そういうマリヤでもアヤが新種のきのこを試食して一晩経っても何事も起らないのが三度続くと、四度目からは自分も食べ、そのきのこを新たなリストの中に加えるのだった。

Ⅱ

マリヤはたまに、「夫が」とか「娘が」とか言うことがあったし、また自分を夫人《ミセス》と言っていたので、結婚したことがあるには違いないが、結婚指環もはめていないし、その夫や娘は確かにどこかで生きているらしいのに、一向に一緒に住む気配もなかったので、町のひとびとはそのことを訊くのはなんとなく悪いような気がして訊かなかった。まあ、別居しているのだろうと考えて、大して気にもとめない者が多い、といった方がよいかも知れない。

ただ、アヤとカルロスはそのことを心配していつも何くれとなく助言をしたが、話を聞けば聞くほどマリヤの物語はあまりにもごちゃごちゃとしていて、どこがどうなっているのか、よくわからないのである。しかし、本人は大変すっきりした生き方をしている、と思いこんでいた。

マリヤは厚さが十センチぐらいもあるずしりと重い大きなノートブックを持っていて、それに自分の生涯を書き記して死ぬのだと常々親友のアヤに語っていた。そのノートなるものは、実は簿記帳で、青や赤の罫《けい》の入ったもので、もとはと言えばギフトショップの出納簿として買いこんだのだが、マリヤはそれを日記帳として使っている。もちろん表紙には立派な支那繻子《しなじゆす》の布地を貼って体裁を整えていたから、それはマリヤのような女の自伝を書き記すには大変ふさわしい帳面と思われた。この簿記帳の購入に関してはマリヤは決して汚職をしたわけではなく、彼女が出納の目的の為に買いこんだものを、店主のカルロスが文句をつけ、そんなばかでかい不便なものは自分の目の前でいっさい使ってくれるな、さっさとゴミ箱に捨てるなり、焼いてしまってくれと喚きたてたから、彼女はひたすら恐縮してそれをゴミ箱に捨てる代りに只で貰って来たのである。というのはカルロスがあやまってそれを足の上に落とし、運悪くサンダルではだしの指先が無防備の状態だったので、危うく指の一本を潰すところだったからである。彼はその時、あまりの痛さに、ありとあらゆる口から出まかせの罵詈雑言を簿記帳に向って叩きつけ、三十ドルも払ったそのばかでかい帳面を一頁も使わない中にマリヤに呉れてやってしまったのだ。

マリヤはそれをおしいただいて家に持って帰り、それに自伝を書き記すことにした。というのはもともと彼女は自分の生涯の記録を書き残しておきたいとかねがね思っていたのだが、タイプも何も使わず、自筆で書き記すには、その辺りの文房具屋に売っている、学生の使うようなノートブックではどうも感じが出ないような気がしていた。しかし、この田舎町にはマリヤが心で描いているような美術的でしっかりした装幀の部厚い帳面など、どこにも見当らなかった。町の文房具屋が、もったいつけてとり出すのは、せいぜい女学生の使う小さな鍵のついた日記帳ぐらいのものである。そんなことを長年思っていたので、或る日、カルロスが、よい簿記帳が必要だ、と言った時に、その厚さ十センチもある、立派な皮表紙のものを買う気になってしまったのだ。表紙に金文字で、「簿記帳」と明記してあり、中に青と赤の罫が入っていることを除けば、まさにそれは彼女が心に描いていた回想録を書き記すにふさわしい感じのものだった。もちろん彼女はその時、それはカルロスのような趣味のある男の簿記帳としてもふさわしい、と思って買いこんだのだが、どうやらそれはカルロスの持っている一面でもある、実際的な感覚には気に入らなかったらしい。

マリヤは「簿記帳」と書いてある金文字の部分に、気に入っている支那繻子の布切れを美しくかがってふちどりしたものを貼りつけ、いよいよそれに自伝を書き記すことにした。その晩、彼女の頭の中には、次から次へと思い出を綴る文章が浮かんで来て、朝方まで眠れないほどであった。

翌日、彼女は、その第一頁目に、自分が一番気に入っている三十年前のポートレイトを貼ることにした。それは、三番目の夫のフランツと結婚したばかりの頃、まだドーリャが生れる前に、ある日思い立って、一人で写真屋に出かけて行き、撮って貰ったものなのだ。彼女は結婚したばかりで、その新しい夫と一緒に写真を撮る機会はやたらにあったのだが、その時は何となく一人で自分の気に入った写真を撮りたい気分だったのだ。着るもののことや、ポーズや、表情のことなどで、夫にいちいち指図されずに、マリヤはその時、全く独りきりで、カメラに向って笑いかけたのである。ゆるやかにカールした髪を長く肩に垂らして、胸元にバイヤスを使ったドレスの肩より少し下に、ギャザをつくるようにして母の形見のルビーのブローチをつけている。その写真は素晴しく美人にとれて、長いこと写真屋の店先に飾られていた。彼女はその写真を、自分の生涯で一番美しかった時期のものだと思っていた。

マリヤは次の頁からいよいよ書き始めた。

これは一人の逃亡者の物語である。亡命などという高級なものではない。わたしはただ逃げ出して来たのである。何げなしに、わたしの喋る言葉をまわりの人々が疑わしげな目つきで眺め、黙るように脅し始めたとき、わたしは恐怖にかられて逃げ出した。そして、それ以来、わたしはわたしを放っておいてくれる場所に住み、いろんな人にめぐり逢った。或る人たちと、わたしはしばらくの間愉しく語り合い、何となく別れた。お互いに自分のしなければならないことがあったからだ。わたしはわたしのしたことを書き記しておこうと思う。

ほんとうはこれを日記のように書きたいのだけど、わたしが書き記したい数々のことが起ったときは、もうずっと昔に過ぎ去ってしまい、今、わたしはそれを思い出しながら、ごく断片的に書き記すことしかできない。

多分、ところどころ、わたしの記憶は間違っているかも知れないし、また、何か、その時あったのだが、とても思い出せない部分も多くて、話のつながりがどうにもうまくいかないということもあるだろう。また、急に現在のことを書きたくなり、今朝、あるいはたった今起ったことを大急ぎで書きとめたくなるかも知れない。わたしはただ、思い出すままに喋り、疲れたら休み、休んでいる中に忘れていたことを思い出し、順序もなく書き足す、ということになるかも知れない。

……

今朝、カルロスは、間違って、偶然、わたしの手に触れ、びっくりして、わたしの顔を見た。そして困ったようにガラス越しに海を見て呟いた。「ねえ、マーシャ、もしも、人間が永久に年をとらないのならねえ」

しかし、わたしも昔、あんなに軽蔑していたみんなと同じように、年をとってしまった。そして、未来を語るより、思い出を語る方が多くなった。

わたしは夜になると、厳重に戸閉りをしてから、長持とトランクを開け、わたしの宝物を眺めることにしている。

わたしの持っている宝石の値打はざっと五万ドルはある。中には全然値打のないガラクタもあるのだけれど、どうしてそんなガラクタをわたしが他の貴金属と一緒にして持っているかと言えば、それは紙幣と交換することこそできないにしても、わたしの中では何ものにも替えがたい思い出につながっているからだ。

この中でもっとも値打のあるものは、このダイヤをちりばめたルビーのブローチだが、これはわたしの祖母から母へ、母からわたしに残されたもので、わたしがあの死の脱出のとき、髪の毛の中に入れていたために救われたものなのだ。

死の脱出というのは、わたしの十四歳の時のあの越境のことである。

わたしたちはロシアを捨てる決心をした。直接の原因は母の命が危くなったからだ。母はシベリヤの富裕な商人の娘で、父は小地主だったが、父はずっと昔に死んだ。母は革命後ずうっと十年近くも貴族たちを国外に逃がす仕事をしていたが、ついに母自身の身の上が危くなって来たのだった。わたしたちの住んでいたシベリヤの町まで革命がひろがり、実際さまざまな行政的な強制力が力を持つようになったのは一九二〇年代の終りだった。そこで、母はまずわたしを先に逃がす決心をした。二人一緒では目立つからだ。当時はまだシベリヤから満州に越境するものは頻繁で、中にはうまく行った者もあったし、失敗して殺されたり、ひき戻されてどこかへ連れていかれた者もある。だがともかくうまくいった者も大分あった。

逃げ出したい者は沢山あった。その中に二十歳ばかりの青年がいて、わたしは便宜上その青年と結婚させられた。越境の三時間前に。彼はボリスという名だった。姓はどうしても思い出せない。便宜上とはいえ神の前で誓ったわたしの最初の夫だから、覚えていたかったのだが、何しろその時はひどい混乱の状態で、父称から何から長たらしい全部の名前をしっかりと覚えるひまさえなかったのだ。もしかしたら、初めから知らなかったのかも知れない。そうだ、そうに違いない。——というのは、逃亡する途中の草の中で彼が立ち止り、「きみの名はマリヤなんと言うんだい」と訊いたのを覚えている。わたしが「マリヤ・アンドレエヴナ」というと、「ああ、そうか」とうなずいた。その時彼は自分の名も告げたのかも知れないが、聞きとれなかったか、或いは聞いても忘れてしまったのか覚えていない。多分、覚える余裕すらなかったのだろう。

ボリスはわたしに名を訊いてから二時間後にわたしの目の前で殺された。つまりわたしたちは五時間結婚していた。その時母がこういう風に言ったのである。「夫婦におなり。さあ神の前で誓いなさい。そして末長くお暮し」

わたしたちは頷いてキスした。そして彼は自分のはめていた指環を抜いてわたしに呉れ、わたしは自分のを彼にやったが、二人とももちろん指に合わなかったから、それを貴重品袋の中に入れた。それだけである。

だがわたしはやはりボリスが最初の夫だと思っている。そして、他人に聞かれても、「ええ、わたしは三度結婚しました」とボリスを含めて答えることにしている。わたしは全部で十人以上の男と恋をしたことがあるけれど、結婚したのは三人きりである。

ボリスの呉れた指環はボリスが殺されてから更に十時間後、奪われた。だからわたしに残った最初の夫の形見はボリスという名前の記憶だけである。しかしわたしは生涯彼を最初の夫と呼ぶだろう。わたしは誰にでもこう言うことにしている。「ええ、わたしたちは五時間結婚していました」するとみんな妙な顔をして黙るのだった。彼はわたしのそばで、後から撃たれて死んだ。わたしが駆けよると同時にどやどやと追ってくる気配があって、その途端に、わたしは何だかわけがわからないが、足をすべらせて草の窪みに陥《お》ちこんだのである。それは無限に続くなだらかな谷間に続いていた。わたしは際限もなくずり落ち、そして助かったのだ。最初にボリスのまだ暖かい指先に触れたような気もする。わたしは彼の死を確かめたわけではないけれど、死んだ、と思うことにしている。ただわたしは自分だけが助かったことへの後めたさを、この奇妙な結婚を、生涯に三度した結婚の最初に数えることで、つぐなっているような気分なのだ。

ボリスは死んだ。わたしの最初の夫は死んだのだ。母が十四歳のわたしを、安全に国外に逃がすために大急ぎで見つけてくれた保護者は、死んでしまった。

わたしは体中ひっかき傷で血まみれだったけれど、歩き続けた。何も考えずに歩き続けた。もう満州の筈だったし、母に教えられたその家に着けば救われるだろう。

荒野の中で遠くに灯が見えて、わたしは歩き続けた。体中の感覚がなくなっていたような状態で、どのくらい歩いたかはっきり覚えていないが、一時間くらいではなかったかと思う。あるいはもっと遠いか、あるいは近かったのかも知れないが、母が、「一時間くらいはかかるだろうね、うまくいっても」と言っていたので、そう思いこんでいただけだ。というのはその辿りついた家は果して母が教えてくれた逃亡者たちを受け入れるいわゆる母の職業的友人だったのかどうか、今もってはっきりしないからだ。

わたしは家の中をうかがい、それが母の教えてくれたような普通の農家らしいことを一応確かめはしたが、あとはもう考える余裕はなかった。何しろ辺りには他のどんな灯も見あたらなかったし、もしその家が母の念入りに教えたその農家ではないにしても、わたしはここで助けを乞う以外にどうしようもなかったからだ。

戸を叩くと中から支那服を着た髭面の男が出てきた。わたしが母の書いた手紙を渡すと、男は読みもせずに無表情に血まみれのわたしを中に請じ入れた。中には、四、五人の男や女がいたがみんな一言も物も言わずに黙ってこちらを見ていた。それでも女の一人はそばによって来て、「運がよかったよ」とひとことだけ言い、自分たちが食べていた饅頭のようなものをくれた。わたしはもうへたへたと力が脱《ぬ》けてしまい、この異様な人々の群の意味を考える力もなかった。それにしても、これからどうしたらよいかを指図してくれるわけでもないので、わたしは部屋の片隅にうずくまっておどおどしているしかなかった。その中みんなそれぞれに眠る様子なので、わたしもいろんな臆測に苦しめられながらうとうとしたり、眼が醒めたりしながら翌朝になった。

夜が明けると彼等はわたしには全く何の興味も示さず、それぞれに何か自分の仕事をはじめた。特別わたしを追い出す気配もなかったが、母が言ったように今後のやり方を教えてくれるのでもなかった。母は十七年の革命以来十年、シベリヤから国外に逃げる白系ロシア人を助ける仕事をしていたから、それなりに彼等には充分の礼も払ってあり、彼等に会いさえすればすべて事はうまくいく、ということだったのだ。

わたしは高梁《こうりやん》の粥のようなものを貰った。

食べ終ると女の一人がやって来て、低い声で押しつけるように言った。

「さあ、お行き、これでおしまいだよ。南に行けば十日でハルビンに着くよ」

わたしは立ち上ったがどうしてよいかわからなかった。後ずさりしながら、母のことを言ったが、彼女は別のことを答えた。

「わからないのかね。お行き、と言っているのさ。だが、行く前に礼金を置いて行って貰おう。あたしたちはお前を役所に突き出しもしなかったし、一宿一飯を与えてやった」

彼女はそう言うと、いきなりわたしが腰のまわりにくくりつけていた貴重品袋をひきはぎ、中身を床にぶちまけた。彼女は目ぼしいものを拾い、包み代りにくるんであった着更えの衣類をかざしてひらひらさせていたが、それもとった。

「何にも言うことはない。あたしたちだってこうして危険をおかして生きていかなきゃならない。自分たちのこともちっとは考えなくちゃならないのさ。さあお行き」

わたしが慄《ふる》えながら立ちすくんでいると、女は更に言った。

「何をぐずぐずしているんだい。身ぐるみはがれない中にとっととお行き。お前さんの身につけている残りもので、ハルビンまでは充分行けるよ。ただし、お前さんに運があればさ」

男たちはその間みんな黙っていた。何にも言わず、わたしたちの会話には全く興味がないようであった。

そんな具合にしてわたしの放浪は始ったのである。

だから、マリヤが、現在時価五万ドルの宝石をまだ持っているというのが本当なら、それは髪の中にかくしていてその後も奇蹟的に持ちつづけたブローチを除いては、凡てマリヤが十四歳の時から独力で得たものなのだ。

三カラットほどのダイヤの指環が二つあり、その一つは大変すっきりとした単純なカットだが、ブローチに次ぐ値打物と思われ、他の一つはごたごたと飾りつけは多いが粗雑なカットとセッティングだということの一目でわかる代物だった。この二つのダイヤの指環は二度目と三度目の夫が呉れたエンゲージリングである。小粒のダイヤをちりばめたものは、その他のピンやネックレス、イヤリング、腕輪にもあったがたいした値打もない宝石や貴石をあしらったものが多かった。ガーネット、サファイヤ、ムーンストーン、アレクサンドライト、トッパーズ、オパール、翡翠、トルコ石などがある。恐ろしく大きなオパールやムーンストーンのペンダントもあるが、これらは、特別秀れたカットかセッティングで美術品として認められない限り、宝石としては大した代物ではないだろう。ただ、かなりの金細工があった。首にかけたらずっしりと重くて肩がこるのではないかと思うほどの変ったデザインの金鎖や、太いブレイスレット、ジプシイを想わせる大きなイヤリングなどがあった。翡翠のものはとても数が多く、中には秀れた碧《あお》さのものもあった。

これらの宝石は三十センチ四方くらいの紫檀《したん》に象牙で螺鈿《らでん》をほどこした宝石箱にぎっしりつめられている。

マリヤが五万ドルと称しているこれらの宝石類は実際には余程よい買手でも見つからない限

り、行きずりの商人に叩かれればせいぜいしめて一万ドルぐらいのものだろう。だが、何れにしても千ドルや二千ドルのものではなかったし、一つが少なくとも百ドル以下のものはあまりなかった。ところが中には、ときどき、貴金属としては何の価値もない、がらくたもあった。プラスティックや木切れで作った、小学生の女の子がブラウスの襟にとめるようなブローチさえあった。一つの木製のブローチは白いラッカーを塗った馬であった。

マリヤは何かあるとアヤを家に呼び入れて、自分の放浪の話をきかせながら、それらのつまらないプラスティックや銀細工の何かを無理やり押しつけるようにして呉れるのだったが、この白いラッカーを塗った馬だけは決して呉れなかった。その白い馬は、ばかでかく、厚みもあったので、軽いかたかたという音を立てながら、浮き上るような心もとない恰好で、他のずっしりと重い宝石の中でいつもめざわりにのさばっているのだった。ある時、アヤが何となく興味にかられて、これぐらいのものならねだってもよいのではないだろうか、という気から、その白い木の馬を指先でつまんで所望すると、マリヤはかぶりを振った。

「いいえ、それはダメよ。たとえあたしがあの母の形見のルビーとダイヤのブローチを手放すことがあったとしても、それはダメ。それは、ドーリャの贈りものなんだもの。あの子が七つの時、あたしのお誕生日に呉れた贈りものなの。それは、あの子があたしに呉れた最初で最後のほんとの贈りものなのよ。

あの子はそれを白い紙に包んでピンクのリボンをかけて持ってきて、あたしの首にぶらさがりながらこう言ったの。〈ママ、お誕生日おめでとう。ママの大好きなものをあげる。何だかあてて頂戴な〉って。ドーリャはそれを、白い綿帽子みたいに軽いちり紙をまるめた玉の中に入れて、形がわからないようにして持ってきたのよ。どんなに触ってみてもわからなかったし、あたしはとうとう諦めて言ったの。〈さあねえ、ドーリャ、わからないわ〉〈ようく考えてごらんなさい、ママ。動物なの。ママの大好きな動物なの〉それであたしはすぐわかった。〈お馬ね〉〈そう白いお馬〉これがそのお馬なのよ。次の年の誕生日、もうあの子はあたしのそばには居なかった。だから、この白い馬はあの子から貰ったあたしのたった一つの贈りものよ。あたしは死ぬときこの白い馬を抱いて死のうと思うわ。お棺の中に入れられる時だってあたしは放しやしない。そうしたらあたしはきっと天国に行けると思うのよ。

どうしてあたしが白い馬が好きかですって。それはね、あたしは昔、白い馬の女王だったことがあるからなのよ。もっともそんなことをドーリャに話した覚えはないのに、なぜあの子が、あたしが白い馬を好きなのを知っていたのかしらねえ。多分、何かの時にあたしが、〈ママは白い馬が好きなのよ〉というようなことを言ってたんでしょうねえ。白い馬の女王というのはね、——あたしはサーカスで馬を使っていたことがあるんです。白い八頭の馬を。素晴しい光沢の白銀色の毛並、きゅっとひきしまって盛り上った高い腰、真っ直ぐに伸びた脚、なだらかでくぼみのある肩、あばら骨に沿ってわずかに波のある胸と腹、白い鬣《たてがみ》、白い尻尾、長い灰色の睫《まつげ》、物想いするような深い静かな眼、ほんのわずかに背中や腹の脇に淡い灰色の翳《かげ》が走っているのもいたけれど、とにかく、八頭とも素敵にきれいな白い馬だったの。その八頭の馬をあたしは鞭一本で思いのままに動かすことができたのよ。

〈ほう、ほう、……ほうら、高く……下に、ユウレ、まわって……ユウレ、鼻をつけて……ユウレ……お祈りをして……オウラ、くぐって、フォウン、輪になって……ユウレ……膝をついて……〉とあたしが呟いただけで、八頭の白い馬はカドリイルを踊ったものだわ。オーケストラが、頭の上に張り出すバルコニーで音楽を掻《か》き鳴らすと、八頭の馬はあたしの鞭一本でまるで魔法にかけられたみたいに踊ったものよ。その白い馬の輪舞の間中、舞台の真中に置いたドライアイスを放りこんだ大きな壺の中からは白い煙がもくもくと噴き出ていてね、白い煙に青やすみれ色の照明を当てると、煙の中をくぐったり、からみ合ってからだをしなわせる八頭の白い馬が、あたしのひるがえる黒いドレスと、稲妻みたいに光る長い鞭の線ともつれ合って、そりゃ何とも言えない不思議な舞台だったのよ。睡《ねむ》たげで単調なフルートのソロや、クラリネットの呟き、ヴィオラとチェロのおだやかな旋律。太鼓の低い長い不気味な音がときどきパタリと止ると、白い煙の中で八頭の馬が急にぐたりと寝そべって蹄をすり合わせ、鼻面を相手の腹に押しつける。それから、びっくりするような——トランペットの大きな一吹きと、陽気な速いホルンの合奏で、馬はタッタッタッとメリーゴーラウンド、という具合。

このショウはすっかり評判でね。ポスターには〈白い馬の女王〉って見出しで、裾の長い黒いヴェルヴェットの服を着たあたしが、鞭を鳴らして白い馬を踊らせている絵が必ず出たものよ」

マリヤは「ユウレ、オウラ、フォウン……フゥラ……ラアラ、フュウ、ル、ル、ル、ルル」と口の中で小さく呟き、遠い昔を想い出す眼付きをした。

「それで、そのサーカスにどのくらいいたの。つまり、あなたはすっかりスターになっちゃったわけね」とアヤが好奇心にかられて身をのり出すと、マリヤは肩をすくめて眼を伏せた。

「――まあ、前奏曲といった、幕あきのショウだったから、スターというわけでもないけれど。まあね。……スターになればいろいろとよくないことが起るわ。評判がよければ、必ずよくないことが起るわ。……起っちゃったのよ」マリヤはそこで話を切った。

マリヤは前の晩、回想録に書きつけた次のような箇所をアヤには省略した。こんな若い女にはそんなことを言ったってわかりやしない。

……わたしは直《じ》きクラウンとロマンティックな気分になった。彼は眼の細い、顎《あご》のしゃくれた支那人だったけれど、強情なペシミストでちょっとした魅力のある男だった。きっきっきっ、くうっというような声を出して笑い、わたしのどんな小さな窪みにも舌の先を滑り込ませて、長い長いキスをするのだった。柔らかで暖かな彼の舌はおどろくほど豊かな愛の仕草を知っていて、その語彙は無数だった。どんな音も閉じこめてしまうこうした言葉は、ロシア語にも支那語にも翻訳し得ない、美しい旋律と、無限に続く音階を持っている。

十七歳のわたしは自分の言葉の貧しさにうなだれ、ただバカなオウムのようにただひたすらに彼の言葉を真似た。そして、サーカス団に拾われる前、子守女をしていたとき、「金の蝙《こう》蝠《もり》」をくれてわたしを追い出した男のことを古びた玩具のように思い出していた。

白い馬の輪舞の中に、へっぴり腰でしのびよる道化役の彼にぴゅうんと鞭を鳴らすと、ずり落ちたズボンを押えながら這うようにして逃げるのが舞台の上でわたしたちのわずかな競演だったが、その競演を対等に演じられるほどに、わたしは成長した。

或る日、ちょっと空中ブランコ乗りの男と妙なことになったりしなかったら、——クラウンとブランコ乗りに恋の鞘《さや》当《あ》てをさせたりしなかったら、何もかもずうっとうまくいき、わたしはそのままサーカスの女で一生を終えたかも知れなかった。

だが、空中ブランコ乗りの男が網の上とは言え、相手の女を受けとめそこねたり、つまらないショウにも度々網を張らせたりするようになると、みんなの批難はわたしに集中した。クラウンの悲哀はとげとげしくなりすぎて、お客たちは笑いで涙にむせぶより憂欝になった。結局なにもかも悪いのはマリヤだと言うことになり、白い馬のショウにもケチがつき始めた。やはり馬の上に片脚で立つ赤い短いスカートの女の子のほうがずっとサーカスらしいという復古調の意見も出てくるようになった。その日になってドライアイスの販売元に品切れを宣言させたりする意地悪者もあらわれてきた。

わたしが落ち目になってくると、クラウンはすっかり傲慢さをとり戻し、わたしの扱いにも省略が目立ってきた。空中ブランコ乗りは、えいっ、はあっと威勢のよいかけ声をかけるようになったので、わたしはいっそこれが退《ひ》き時と、いさぎよく身を引いた。

クラウンに対する面あての意味もあって前から通ってくれていた年寄りのロシア人の商人がパスポートを呉れるというのを条件に、世話になることにした。わたしは後にこの男と結婚したが、七年後に彼は死んだ。


「丁度、パスポートを呉れるという男がいてね、ファンの中に。……何しろあたしはその一枚の紙きれがないばっかりに、今思い出してもからだが慄え出すほどの悔しい目に会ったものだから。……白い馬はまあ、飽きられたので、あたしは身を引いたのよ」

マリヤの話はときどき跡切《とぎ》れて前後するのでアヤはきれぎれの話を勝手につなぎ合わせて想像するのだった。

「独創的なサーカスなんて滅多にありゃしない」マリヤは怒ったように言い、その白い馬の輪舞と白い煙を想い出す目つきをした。

「パスポートの話といえば」マリヤは急に生き生きと肩をそびやかして話し始める。「あのこ、いい、いい紙きれ一枚のためにあたしはどんなに苦労したことか。だって考えてもごらんなさいな。あたしは国を逃げて来たのよ。パスポートを貰えるわけはないじゃないの。つまり、家出人は雇わないというのが世のしきたりなのねえ。だけどおかしな話じゃない。政治的亡命ということになれば、これはまた話が別で、保護してくれる機関もあるらしいけれど。いったい避難民と亡命者がどう違うんだか、あたしにはどう考えたってわかりませんよ。亡命者は筋道の通ったことを言う哲学者で、難民は無学な貧しい怠け者の群、ということらしいけれど、そこにじいっとしていたら殺される、ということじゃ、難民の方がずっと割が悪いんです。つまり、亡命者はつべこべ言って、自分勝手に面倒を起すナラズ者だけど、難民は何一つ物も言わず、ただ手をすり合わせて祈っていたって駄目なんですからね。亡命者は何れまたその国に帰って政権をひっくり返す、という可能性がある者を言うらしいから、もしかしたらという射倖心で賭《かけ》みたいな気分で、恩を売る者もいるのねえ。十年後の世界の英雄を知己に持つと考えればちょっとは胸がわくわくするんでしょうねえ。

アフリカの諺《ことわざ》にこういうのがあるわ。『その国の習慣に従うか、逃げ出すか、二つの道がある』って。あたしはあとの方の道を選んだんです。ところが他国じゃ乞食扱いでした。服の襟だの靴の裏なんかに隠したわずかな装身具を売ってやっとたどりついた町じゃ、あたしを女中にだって雇ってくれなかったわ。ふたことめには身分証明を、パスポートをお見せ、っていうわけ。そんなときに拾ってくれたのがサーカス団だったわけなの。

でも今言ったようなわけでサーカスもやめてしまったし、外で働くにはどうしたってパスポートが欲しかった。だから、パスポートをつくってくれるっていうおじさんに頼るしかなかったのよ。つまりあたしは革命以前、生れたばかりの赤ん坊の時すでに国外にいた貴族の娘で、それっきり母国に帰れなくなった、ということで、それが一種の身分証明にもなる紙きれを高いお金を出して買ってくれるおじさんを見つけたわけなの。亡くなった父は貴族でも何でもない田舎の小地主だったのだけれど、ミハイルはその方がよい、といい、革命の時死んでしまった、自分の親戚の男の名を勝手につかったのよ。

そのパスポートの件じゃほんとにバカバカしいことがあったわよ。サーカスにいた時にあたしが気に入る返事をしないっていうんでむくれていたファンの巡査がいてね。理由もなしにあたしをブタ箱に放りこんだことがあるの。表向きはパスポートがないってことで。その時はサーカスの親方のとりなしで、随分払って出して貰ったわけなんだけれど、それ以来、サーカスの外じゃ、どうにもなるまい、っていう親方の心も見えすいて不愉快なことも多かったんです。

ところで、そのインチキパスポートをつくって貰って、天下晴れて警察署長を訪ねたことがあるのよ。あたしはあたしをブタ箱に放りこんだ門番の巡査に会えるんでいそいそして出かけて行ったわ。警察署長はあたしにパスポートをつくってくれたミハイルの親友で、用というのはつまらない手紙をとどけにやらされただけなんだけれど、ミハイルは満州や日本の政府関係の要人にやたらに知り合いがあり、まあいえば、とても顔の広いひとだったわ。

あたしは朝から一日がかりでめかしこんで出かけて行きましたよ。ピンクがかった真珠色のスカーフをあしらった真白なカシミヤのワンピースを着て、手袋をはめ、帽子の下に黒いネットを垂らしてその巡査に会いに行ったわ。署長あての名刺を出すと、巡査はあやつり人形みたいにとびあがって敬礼したわ。あたしはヴェールの下でにっこり笑って中に這入ったの。用事を済ませて外に出る時、あたしは手袋をはめた指の間にパスポートを挟み、自分の写真の頁をひらひらさせながら門番の巡査の鼻先に突きつけてやりましたよ。そしてぱっとネットをはねあげて「今日は。いいお天気ですこと、御機嫌いかが」ってにっこり笑いました。ああ、あのときの、その男の滑稽な顔っていったら、目を白黒させて、どもりながら、〈ママママックク。ハイ、オ嬢サマ〉だってさ。もしもあの男があたしのパスポートがインチキだ、とでもせめてひとことでも叫んで、警察署長に文句をつけでもしたんならねえ。あたしはちょっとはあの男を見直してやったのに。ところがどうお、あの男はそのインチキパスポートに恭《うやうや》しく頭を下げて、サーベルをがちゃがちゃいわせて咳《せき》払いしただけなの、はっはっは」

マリヤは立ち上り、肩をそびやかして犬の毛の舞いあがる狭苦しい部屋の中を、ベッドやつづらをよけながら、ファッションモデルよろしく気どって歩き、ぱっとネットをはねあげる仕草をして婉然《えんぜん》と笑って見せた。

「サーカス時代のあたしは、まだほんのちょっと人生を覗き見しただけのねんねえだったわ。つまらないことに腹を立てて、つまらないことに涙を流し、つまらないことに有頂天になっていましたよ。

インチキパスポートをつくってくれた年寄りとあたしは結局結婚しましたよ。つまり二番目の夫のミハイルです。

もしかすると、あたしがほんとうに愛していたのは、やっぱり二番目の夫のミハイルかも知れないわねえ。あのひとはおじいさんだったけれど、あたしはまるで父親みたいにあのひとになついていたもの。ミハイルはほんとうに女を保護するということを知っていたひとだった。それから赦《ゆる》すってことも。そうですとも、アヤ、ひとは誰でも赦すってことを知らなくちゃいけない。赦されたいから、ひとは神様を信ずるんです。

ミハイルはあたしにサーカスの話や、あたしをブタ箱にいれた巡査の話、クラウンの話、ブランコ乗りの話、それから、もっと前の子守女の頃の話をさせて、何時間でも飽きずにじっと聞いている人だった。ミハイルは、あたしがどんな話でもありのままに喋りたくなるような気分をつくってくれるひとだったわ。

そうだ。子守女、というのはね、サーカスに入る前の話なのよ。

あたしが命からがらシベリヤから越境して満州へ逃げて来た、って話はもうしたでしょう」

アヤはその話に関しても、きれぎれに聞いていた。

マリヤはこの子守女の件に関して、こう語った。

「とにかくあたしがハルビンに辿りついたときは、ぼろ切れを纏《まと》った女乞食だった。靴の底は歩く度にぱくぱく口があいたし、頭にかぶるスカーフは、結ぶのに骨が折れるもつれた房みたいだった。

それでもまだあたしは、髪の中やスカートの縫目にあのブローチや、二、三本の金の鎖は持っていましたよ。ただ、こんな身なりで質屋の戸を叩けば、買い叩かれるにきまっていたし、あたしは一番くだらないものだけを始末して、飢えをしのいでいました。

そんなときだったの。町角で子守女を求む、という広告を見つけたのは。あたしは勇気をふるい起してその家を訪ねましたよ。いかめしい鉄柵の塀のある家で、門番がいたけれど、子守女の応募者だと言っても中に入れてくれないのよ。あたしは思いきり悪く鉄柵の外でうろうろしていたんです。すると庭に小さなブロンドの男の子が出て来て、鉄柵の外にいるあたしを見つけてロシア語で喋りかけたの。

〈ねえ、燕は青いか黒いかどっちなの〉

〈それはね、坊ちゃま、両方でございますよ。ほんとうに真黒というのはございませんけれど、ほとんど黒に見えるほどの濃い藍《あい》のも、青く見える鮮やかな紺のもございます。喉と嘴《くちばし》の上の赤さもあまり目立たない栗色のも、きれいな朱もあります。おなかが真白なのも栗色のぼかしが入っているのもあるんです。でも尻っ尾が尖って二つに分れているのや、あのすいすいと斬るみたいな飛び交い方はみんな同じでございますね〉

〈じゃあ駒鳥は胸が赤いの、橙色なの〉

〈ああ、それも両方ございます。両方とも、もとはといえば鶫《つぐみ》でございますからね。親類なんです。ヨーロッパの駒鳥は胸が血みたいに真赤ですけれど、ほかの大陸では茶色がかった橙色のものでもみんな駒鳥と呼んでおりますよ〉

〈お前の名前は何と言うの〉

〈マリヤと申します。マーシャと呼んで下さって結構です〉

〈じゃあマーシャ、どうして蝙蝠は真暗な中で何にもぶつからないで飛べるんだろう。普通の鳥は夜になると何にも見えないので、ただ木の枝に止って睡っているしかないのに〉

〈坊ちゃま、それについてはこういうことが言われております。蝙蝠はどうやら暗やみの中のものの在りかを眼じゃなくて、からだのどこかで感じるんじゃないかと。暗やみの中で何かにぶつかってはね返ってくるかすかな空気の波を感じる、丁度、盲が何も見えなくてもものにぶつからずに歩けると同じように、盲よりももっと敏感に感じる場所を、蝙蝠はからだのどこかに持っているらしいと——〉

そんなことを喋っていると、子供の母親がやって来て、〈まあ坊や、およしなさい。そんなきたならしい女乞食と〉と叱りつけた。あたしは鉄柵の外でうなだれてつつましく言ったのよ。

夫人はひとめでロシア人とわかるアッシュブロンドに青い眼の女でしたよ。〈奥さま、あたくしは今はこんな身なりをしておりますが、奥さまも御存知のあの血なまぐさいロシアから、やっとの思いで逃れてまいりました。結婚したばかりの夫はあたくしのすぐ足もとで撃ち殺されましたし、あとから来る筈だった母親はどうなっているか、探るすべもございません。祖先は同胞と思し召して、子守女に雇っていただければ、もう一度神様を信じ直してもよいと存じます〉って。

夫人はあたしをしばらく眺めていたけれど、あたしのロシア語がなかなかしっかりしているのや、子供がすっかりあたしを気に入っているのを見てしばらくあたしを質問攻めにしましたよ。まあ言えば口頭試問ね。女学校に行ったたか、とか、学校では何が得意だったとか、父親は何をしていたとか、それから聖書の文句なんかです。あたしは大方そつなく答えたし、それに何よりもペーチャというその息子が泣き喚いて、〈マーシャじゃなきゃいやだ。他の女が何百人来たって絶対いやだ〉って言ったものだから、とうとうあたしは雇われることになったの。実を言うと、その子守女の志願者は朝からもう七人来たのですって。そして、七人ともペーチャが嫌ってうんと言わなかったのですって。

それからあたしはこざっぱりしたお仕着せに着かえさせられ、屋根裏だけれど自分の部屋も与えられて、そのペーチャと鳥や魚の話をして一年過しましたよ。

あたしはペーチャを満足させるために閑さえあると図書館に行って動物学の本を借り出しました。もともとあたしは女学校時代女医か動物学者になろうと思ったくらい、そういうことに興味があったのよ。銀鮭と王様鮭の違いを知ったのもその頃のことなの。

あたしがアメリカの北の端のこんな寂しい海辺の町にやって来たのは、この町に緑色の丸屋根のロシアの教会があることと、海の岩から銀鮭と王様鮭がはねているのが見えることと、春になると海が鰊の卵で黄色くふくれあがることと、海猫が灰色の羽できいきいと啼《な》くこと、ロシアのきのことロシアの野いちごがあるからなの。あたしはロシアを捨てて、命からがら逃げ出して来ましたけれどね、それは決してあの黄色いきんぽうげの咲く草原と白樺の林を憎んで捨ててしまったわけじゃないんです。突然、わけのわからない叫びがあたしをそこから出て行けって脅したから、どうしようもなかったんだわ。あたしの母が商人の娘で、あたしの父が小っぽけな地主で、母が貴族たちを沢山国外に逃がしたことは、そりゃあのひとたちにとっちゃ、あの革命軍のお偉方の……その実大方は尻馬に乗ってわあわあ騒いでいる連中だったけれど……ともかく、革命こそはロシアの救いだと考えているひとたちにとっては気に入らないことだったかも知れないけれど、だけど、だからと言って、あたしたちがロシア語やロシアの心を愛していなかった、ということにはならないわ。

そりゃ、今となっちゃ、まあ、あのひとたちは当然のことをしたんだと、あたしだって思っています。何も今更、ツァーの時代がよかった、などと言っているわけじゃない。まあ結局はなるようになったんでしょうよ。

だけど、あたしの言うのは、急に世の中のやり方が変ってしまったときには、つまらない理屈をこねるより、ひとまず逃げるしか仕方がない、ってことなの。何かぐちぐち言おうものなら直き撃ち殺されてしまいますよ。あとで、あれはほんとうのことだった、あのぐちぐち言っていたのは、などと弁護してくれるひとがあらわれたにしたって、せいぜいお墓に花を供えて貰えるくらいのものですよ。――だけど、逃げたって撃つんですからねえ、後から。

そうだわ、ミハイルがよくこう言うんだったわ。

〈マーシャ、またもし知らない国へ逃げ出さなきゃならないようなことがあれば、宝石だけをひっつかんでお逃げ。遠い国では見知らぬ国の札束なんぞ紙屑と同じだからねえ〉って。

ミハイルはあたしにパスポートを作ってくれたし、それからいろんな宝石を買ってくれた。ほらこれが、あのひとが結婚するときに呉れた指環なの」

それはごたついたデザインの粗雑なカットでセッティングもよくなかったが、大きさだけは三カラットほどあった。

「多分、亡命者から買いあげたものでしょうよ。こんな派手なものが、あの頃のあたしのほっそりとした指にはよく似合ったものだわ。それから、このピンも、ミハイルから貰ったんだわ。こっちのブローチも」マリヤはそのひとつひとつを窓ガラス越しに陽にすかすようにして見た。

それからマリヤはアヤのはめている貧弱な対のエンゲージリングとマリジリングをちらと見て、大急ぎでつけ加えた。

「あなたは食べられもしない只の石ころの宝石なんぞ、バカな女の虚栄心を満足させる、裸の王様の糸のない着物のようなものだ、というかも知れないけれど、あたしの生きて来た道じゃ、それが随分役に立ったんだもの。

それに、あたしにとっては、この宝石が本物か偽物かなどということは実際はどうだっていいのかも知れない。それをじっと眺めていると、それを呉れた男たちのいろんな言葉が甦ってくるの。あたしは多分、この役立たずの石ころを抱きしめて飢え死するかも知れないような女よ。考えてごらんなさい。どんなものだって、或る人間に価値があるのはその人間の生きてきた人生において価値があるってことで、他の人間にとっちゃどうだっていいことが多いんです。器量のよくない、頭の足りない子供が可愛いとか、残酷な男から離れられないとか、嘘つきの女を捨てられないとか。まあ、あたしの宝石だってそんなものでしょうよ。

それからあの黴《かび》臭いドストエフスキーやプーシュキンやレールモントフ、ロンドンの馭者とガス燈の時計とか、サモワール、スウェーデンのクリスタル。——それから、この犬がそうです。今じゃ、あたしはこの犬たちのためにだけ生きているといってもいいくらいだわ」

銀色の狼の毛をしたシベリヤ犬は、はあはあと熱い息を吐きながら、暖かな濡れたビロウドのような舌でマリヤの腕をなめ、鼻先をマリヤの脚の間にさし入れて、眼を閉じた。エメラルド色の裾の長い部屋着をひきずった大女のマリヤを四頭のシベリヤ犬が護るようにとり巻き、尖った唇の脇から唾《つば》をしたたらせて喘《あえ》いでいた。

マリヤの赤い靴下を咥えたアヤのペルシャ猫を四方からとりまいて、噛み殺したこの犬は、猫どころか人間を殺したことがあるのだそうだ。

「黒ん坊を殺《や》ったのよ！　強盗の」マリヤは言った。

「そいつはビール瓶であたしをなぐろうとして、ふりあげたところを、これに喉笛をやられて死にましたよ。ひどい血しぶきが、ここんところに飛んできて。ああ、思い出しただけでもぞっとする。ラーラはまだその時娘でしたから、たった一匹でやったのよ。もしラーラがいなかったら、あたしは確実にあの黒ん坊に殺されて、今頃はボリスとミハイルの真中に挾まって天国で眠っていますよ。

あたしはあの時、この犬をラスが撃ち殺すと言ったら、喜んで代りに撃たれてやったわよ。もっともあたしを撃ったら、同時にラスだってあの黒ん坊と同じ目にあっていたでしょうけどね」

そういうわけで、マリヤは誰が何と言おうと犬が好きで、黒人が大嫌いなのだった。

Ⅲ

マリヤがこの海辺の町にやってきたのはもう八年も前の話である。最初、彼女は、町の小さな私立職業学校の正規でないロシア語の教師と寄宿舎の舎監ということでやって来たのだったが、カルロスと親しくなってからは、寄宿舎の舎監は性に合わないという理由でやめた。その後ずうっとカルロスのギフトショップの店番をしているが、ロシア語の方は夜のコースだけを教えていたし、物好きな者が個人指導を頼めば、ひとによってはひき受けた。ロシア教会の若い僧とか、先祖がロシア人だがひとこともロシア語の喋れない若者なぞが生徒だった。

マリヤが公言している五十八歳という年齢が正しいとすれば、カルロスに会ったばかりの頃はまだ五十そこそこだったわけだから、五つ六つ年下のカルロスと時々は愛し合っていたというのもほんとうかも知れない。

印刷屋のカルロスは、まあ言えばマリヤを男にしたような人物とも言え、スペインから南米、中米と流れて来て、最後にメキシコからヨットで北米のこの町にやって来たのだった。この町に上陸したのは海から見えた教会の丸屋根が気に入ったからだ、とマリヤのようなことを言っていた。

この町に一軒も印刷屋がないことに目をつけ、どういうわけか金はかなり持っていたので古い機械を買いこんで印刷屋を始めた。印刷といっても名入りのクリスマスカードとか、結婚式の挨拶状とか、音楽会のプログラムとか、学校の卒業式の案内状、その他雑多な刷り物のたぐいである。昔、スペインの貴族だったという者もあれば、いや革命党員だったと言う者もあり、はっきりしなかった。人見知りをしない陽気なたちで、どこにでも出かけて行って注文をとったから、どうにか商売も成り立っていた。印刷業の他にも町のいろんな集りに顔を出し、街の中心にある小さな文房具屋を隠退した男から買いとって、世界中の民芸品を扱うギフトショップにした。

女友達は二、三いるが、結婚はしていない。

女に花を贈るのが大好きで、町の花屋の上得意だった。マリヤが舎監をしている頃、寮祭の刷り物を頼んだのがきっかけで、毎週花を贈り、食事に誘い出すようになった。

「話をするには相手を選ばなくてはなりませんよ。殊《こと》に、あなたやわたしのような特殊な言葉を喋る人間は」カルロスは言った。「たちの違う人間に話しかけたって無駄だということです。蒙古人にスワヒリ語のお経を唱えるようなもんです」

「たちって言うのは？」マリヤは訊いた。

「あなたとか、わたしのようなたちです。どんな高価な家でも、気に入らなければ思いきりよく売り払って、他人の眼にはむさくるしい、自分だけの棲む小屋を荒地にみつける種族です」

カルロスは言った。

そこでマリヤはカルロスに夫や娘のことを話す気分になった。

「中国で平和に暮していたんですけれどねえ。ちゃんと女中も雇って。中国というのはなかなか立派な国ですわ。礼儀も知っているし、あたしはロシアでこりごりしていましたから、上海に革命軍がやって来たときには、なにもかも諦めてじっとしていました。そうしたらどうでしょう。あのひとたちはあたしに大学でロシア語を教えさせてくれたのよ。ちゃんとした家を呉れて、女中まで雇ってくれました。

その女中は纏足《てんそく》をしたミイラみたいな足でよたよた歩く女でしたが、どんなに言っても支那鍋を決して磨かないことを除けば、申し分ないいい女中だったわ。自分の意見というものをまるきり言わないし、批判ってことをすっかり思い切った女でした。何でも、〈はい、そういうものでございますか〉って言うだけでした。ああいうことは滅多に出来ることじゃありませんよ。あたしは自分にない才能を持っているその女中を心の中で怖れて、尊敬していたくらいでした。

でもとにかくきちんと暮していたんです。

ところが、戦争と革命で別れたままになって、アメリカにいる夫が来るようにと言うものですから。娘にも会いたくて、やって来たんです。でも、十年以上も別れていれば、いろいろ思い違いというものがあります。というより、離れていれば何もかもよく見えて来て、とんでもないことを空想したりするものですわ。

そんなわけで、はるばるアメリカにはやって来たんですけれど、やっぱり独りで暮している方がよいと思いましてね」マリヤは言った。

「それは全くその通りです。しかし、思い違いというものがなかったら、毎日の暮しはもっとつまらないと思いますよ」カルロスは言った。

カルロスは自分のことはあまり喋らなかったが、マリヤの話を聞くのは好きであった。其《そ》の後、随分何年もマリヤの話を聞いていて、最近、カルロスはマリヤにフランツのところに帰るようにとしきりにすすめるようになった。

マリヤは気のりしない風だったが、年に一度ぐらいは、フランツやドーリャを訪ねてその話をカルロスにする。

マリヤにはカルロスの情婦であるという自覚がまるきりなかったし、カルロス自身も、その後、二人の間柄がどんな風になっているのかよくわからなかった。ただ、二人とも、ギフトショップの経営について話し合う時、きわめて事務的であるにもかかわらず、お互いに相手のちょっとした落度を大目にみるむきはあったし、そうかと言って、二人とも大層節度のある遠慮深さがあったから、特別いやなことにもならずにやっていた。

前にも言ったように、カルロスはマリヤの犬屋敷を訪ねたりはしなかったが、彼等は海の見える小さなレストランの窓辺の席で、ウォトカ・マルティーニを飲みながらぽつりぽつりと喋ることがよくあった。

「ねえカルロス、ドーリャは白雪姫みたいな娘《こ》だったの。普通の黒い髪ってのは何となくかさかさして強《こわ》ばって、艶《つや》のないのが多いもんだけれど、ドーリャのは、何ていうのか、指の間からさらさらとこぼれて逃げてゆくような感じで、どうかすると濃い緑色に見えたり、濃い紫に見えたりする光る髪だったのよ。眼は長い睫で埋まってしまいそうな、雪の中のふかあい泉みたいだった。ぐみの林や白樺の林がゆれているのが映っている黒い泉です。あの子が白雪姫に似ていないところといえば、意地悪な継母を持っていないところだけでしたよ」

「そんな娘がいるのにフランツとよく別れられたものだなあ」カルロスはマルティーニをすすりながら言う。

「ああ、カルロス、それとこれとは違うのよ。あの子は八つでした。父親に連れていかれたのは。あの娘の父親のフランツは、あたしの三番目の夫でしたけれど、ドイツ人の学者で、何ていうか、まあ変質者ね。あたしより十年上で、あたしが三十、彼が四十の時結婚したんです。地質学者でね、地震に関する大家だそうですよ。年中口の中でぶつぶつ数字を呟いているんです。あたしと結婚したのは、多分、あたしのようないろいろとひけめのある女になら、大層大切にして貰えるように思っていたからしいの。あたしは女学校時代はいつも優等生で、小学校のときは二年もとびこした、年齢の割には出来のよい生徒でしたから、悪いことに心のどこかで学者を尊敬する癖があってね。学問のある人間をよっぽど高級な人種のように考えたところがあるらしいんです。そんなわけで何となく結婚しましたけれど、失敗だったってことは直きわかりました。でも子供が生れたし、何となく一緒にいました。

ひどい焼餅屋で街を一緒に歩いていて、にっこり笑ったりしようものなら、〈誰に笑った〉と、こうなんです。男と親しげな話でもすれば、つんけんして物をこわしたり、理由もなく怒鳴り散らしたり、まあ普通じゃありませんでしたね。あたしは生きている限りは、気に入ったひとににっこり笑いかけたり、興味のある話に加わったりする権利はあると思っているわ。誰が理由もないのに、口を尖らせてむっつりしていたいものですか。フランツはいつも哲学的な思索をしているらしくて、年中不眠症なんです。夜、自分が睡れないものだから朝になると不機嫌で、あたしがぐっすり睡って、にこにこ笑いながら食卓につくのが無性に腹立たしいんですよ。

そんなふうで、あたしもすっかり憂鬱でしたけれど、ドーリャが生れてからは、あのひと、フランツはすっかりあの娘に夢中でしたし、あたしも我慢していたの。

あたしたちはそのとき上海にいたんですが、戦争がひどくなるし、フランツはいろいろ考えたんです。それでドーリャが八つになったとき、とうとうアメリカへ行くことに決めました。

アメリカの大学に口がありましたし、ドーリャの教育のこともあるし、それに何よりも家族全部の安全ということから言っても中国はよくないというわけですよ。あのひとはこんなふうにも言いました。〈こんなやくざな非文明的な都会で、母親の過去を知っている人間たちの眼も多いところで、娘を育てるのはよくない〉って。上海には満州時代のあたしを知っている人間なんていやしなかったと思うけれど、フランツはそのことをひどく気にしてたんです。

それで、その話がきまると、まるで鳥が飛び立つみたいな慌しさでね。何もかも放り投げて明日にでも引揚げるっていうわけなのよ。いくらなんだってそんな具合にはねえ。十年も住んだんですもの。つい前の日まで、そんな話をあのひとが持ちかけても、あたしは〈そうねえ〉とか、〈それもいいわねえ〉とか、〈そうしましょうか〉なんて返事をしていたのに、今日になったら、急に、〈さあ、行こう。荷物を纏めなさい。明日運送屋を頼もう〉ってこうなんですもの。

長いつき合いの友だちも沢山いることだし、相談の一つもしたいじゃありませんか。第一、宝石類や衣類を纏めるだけだってたっぷり一週間はかかりますよ。だからあたしはこう言ったの。〈荷物の整理がとてもつかないし、いっそのこと、ひとまずあなたとドーリャが先にいらしたら〉

フランツはかんかんになって怒ってね、喚きました。〈何だって。大砲がすぐ隣でぶっ放されているのに、宝石もへったくれもあるものか。戦争が今晩か明日にでも始まろうとしているのに。ああ、何てことだ〉って。それで結局、フランツは家中の壁がひび割れそうな大声で三度ぐらい怒鳴りましたけれど、あたしがぐちぐち言いながら宝石箱やつづらをあけたり閉じたりしては、やたらに方々に電話をかけたり電報を打ったりするきりなのに、船はいかりを上げようとしてましたから、ついにドーリャを連れてトランクを三つ持ったきりで船に乗ってしまいましたよ。〈馬鹿め。お前のお母さんはバカな女だ〉ってドーリャにまで罵りながら」

「だけどまたあんたは、ちゃんと自分のよくなかったことがわかっているようじゃないですか」カルロスは言った。

「まあね。——結婚して以来ずうっと考え続けてきたことなんですもの。いったいこの男といつまでやっていけるだろう、って。何かきっかけがあれば、考えるわね。あれこれと。わたしにすれば随分慎重に考えたわけよ。自分の運命を左右するような物事を決めるには、時間ときっかけが要りますよ。あたしはドーリャが八つになるまで大方十年間考えました。そしてやっときっかけがあったというだけの話です。独りきりになってとっくりと思案し、そしてはっきりと決める機会が与えられたんですわ」

「あんたは結果的に、それが倖せだったと思っているの」カルロスは言った。

「多分ね。——そう思うことにしています。あたしは自分の運命を自分で決め、そしてそれから十何年間自由に生きられましたから。ただね、カルロス、好き勝手な振舞いをする者は、いつだってその代償を払わなくちゃなりませんよ。いつも独りきりだということよ。それに耐えられないひとは、自分を殺して他人にしがみついていらっしゃい。少しはよいこともあるかも知れないわ」

カルロスはマリヤが自分より長く生きた女である、ということに突然気づいた。

カルロスは言った。「ぼくは十二のとき三十歳の女教師に恋をして以来、ずっと年上の女に興味があるんです」

「フロイドの学説ね」マリヤは軽く受け流した。

カルロスを受け流しながら、彼女は回想録に書き記した文句を一字一字思い浮かべてみる。

それは、ほんとにそうだったのか、と思いながら。


――彼等は行ってしまい、わたしはごった返した荷物の中に坐っていた。そしてわたしは本当のところ荷造りしようという意志などまるきりなかった。わたしはドーリャを思い出して泣き、彼女の着ていた洋服や下着や玩具を一つのトランクにつめて暖炉の脇に置いた。

おそろしくたくさんのがらくたがあったけれど、わたしはただ途方に暮れているだけで、去《い》ってしまった彼等と、残していった彼等の荷物の関係がどうしても結びつかなかった。あのひとたちは去ってしまい、捨てていったものが残っている、という感じだった。気がつくとわたしは彼等を追って行こうという気など毛頭ないことがわかった。

わたしは日頃わたしに言い寄っていた男のところに電話をかけ、長々と喋った。わたしは彼を特別愛していたわけではなかったけれど、ただ独りきりでいるのが耐えられなかったのだ。

彼は早速やってきてわたしの決心をはげまし、当然のことながらわたしたちは一緒に棲むようになった。

彼は中国人と英国人の混血の興行師でバクチ打ちで、またこっそりと武器のブローカーなどもやっているらしかった。彼は英国と中国と日本との間を泳ぎまわり、危険な仕事をやっていたが、それだけに危険な金をいつも沢山持っていた。アメリカへ行く船は、ほんとうにフランツとドーリャが行った船が最後になり、わたしは好むと好まざるとにかかわらず上海に残る運命になったのだ。

わたしにとっては、上海が支那のものだろうと日本のものになろうと、ロシアのものになろうと、また英国だろうとアメリカだろうとそんなことはどうでもよかった。どんな国だって、誰が何と言おうと、その国に住んでいる者のものにきまっている。だからわたしはロシアに生れたけれど、ロシアを捨てたのだから、ロシアに住んでいないのだから、ロシアを自分の国だと言うつもりはない。ただ、なつかしい、母親の胸の匂いがする遠くの国だと思っている。だが子供というものは、母親をいつまでも愛しているとは限らないのだ。

……

わたしはドーリャが生涯母親のわたしを愛してくれるだろうなどとは期待していないが、せめてときどき思い出してくれたらと願っている。わたしは五つの時からピアノをやって、あの危険な越境をするまでの十年にかなり弾けるようになっていた。ピアノの教師は才能があると言い、母はわたしを将来音楽学校にやるつもりだったのだが、その希《のぞ》みがかなえられない中にわたしの運命は変ってしまった。そのことを思い出し、ドーリャにピアノを習わせたが、彼女は直き熱中した。何時間も飽きなかったし、よい耳を持っていた。わたしたちはピアノを弾いていると終日退屈しないのだった。ドーリャがいってしまってから、わたしはドーリャを思い出すためだけにピアノを弾いた。

興行師はわたしにピアノを弾く仕事を見つけてくれた。わたしのピアノは十年やったとは言っても、アカデミックなものではなかったけれど、ナイトクラブで弾くくらいのことはできたのだ。二十年ぶりにわたしはあのサーカスの時代に戻ったような気がした。不安で心もとなく、うらみ、つらみのいっぱいつまっているはかない暮しを、わたしはナイトクラブのピアニストと興行師の情婦の生活の中で愉しみ始めていた。

三番目の結婚に事実上の終止符を打って以来、わたしは自分が結婚に向かない女だと悟り、その興行師とも奇妙な関係のまま、ずるずるといつづけた。彼は時々いろんな女と寝ていたし、わたしもそうしていた。

……

わたしの二番目の夫のミハイルと三番目の夫のフランツはわたしにたっぷりした時間と優雅な生活を保証してくれたから、わたしは二十代の始めから三十代の終り頃までほとんど本を読んで暮した。伝記、小説、歴史、動物記などを読んだ。そしてときどき恋をした。とりとめもない、味気ない、臆病な恋である。

わたしが生涯の放浪に宝石箱を持ち歩いているのは、最初の危険な脱出のとき、わたしをどうやら生きのびさせてくれたものが宝石だったということと、その後出会った男たちが折にふれて贈ってくれた装身具が物質的な財宝というよりはわたしの精神的な財産だからというのがその理由だ。実際に男から貰ったものでなくてもよい、わたしが若くて美しかった或る時に、それを身につけていた記憶が、そしてそのわたしをじっとみつめてくれたひとの記憶が、それらの装身具に対する感傷的な執着となっている。欠けた紫と金に光るオパールのペンダントは恐らく百ドルの価値もないものかも知れないが、これをくれた男が茶色の髪をとても大事にしていて、毎日前髪を濡らしてドライヤーをかけるんだったこと。ズボンのポケットにいつも必要な小銭を入れておくことを忘れない、チップや勘定の払い方のうまい男だったこと、などを思い出すために、わたしはときどきとり出して眺めるのだ。

また赤い小さなルビーが二つの目になっている金の蝙蝠のブローチは、サーカスに入るよりもっと前、亡命したロシア人の貴族の家で子守女をしていた時、わたしに言い寄った主人が呉れたものなのだ。わたしはその金の蝙蝠を貰ったために女主人から暇を出され、再び浮浪人になったのだった。

その男は何となく蝙蝠のような感じの男だった。色が浅黒く、耳が張り出していて、暗い緑色に近い眼を持っていた。彼は廊下ですれ違う時、わたしのお尻を撫《な》でたり、胸に手をあてたりする方法でわたしに近づき、女主人が留守のとき、わたしの部屋に這入ってくるようになった。「こんな素敵なからだをしている女が独りで寝ているなんて不自然だ」と彼は言い、いろんなことを教えてくれた。彼はその暗緑色の眼をきらきらさせながら蝙蝠のように羽ばたき、低い声で哭いた。

わたしは五時間結婚していたボリスのことを思い出し、手を合わせて祈りながら、とめどもなく、甘い蜜をしたたらせる成熟した自分のからだに恐怖していた。

わたしはそのときまだ十五歳だったけれど、みんなわたしを十八歳以下だとは思わなかった。大柄だったし、脱出後数カ月の間にふりかかったひどい経験が、わたしを五年も年とらせてしまったのだ。

飢えと孤独の恐ろしさを知っている十五歳のわたしは再び路頭に迷うことを怖れ、蝙蝠男と女主人の両方に気に入られようとして焦った。

だがそんなことは不可能だった。わたしはおどおどするのに飽きてしまい、ふりをするのに嫌気がさした。結局、わたしが愛していたのはペーチャだけだったし、わたしを愛してくれたのはペーチャだけだった。

ある日、女主人から、蝙蝠男から貰った金のブローチを見つけられた。こんな高価なものをわたしが持っているわけはない、と女主人は言い、しつこく責め立てた。わたしはその時まだ母の形見のルビーのブローチを持っていたので、「いいえ、あたくしはもっと高価なものを持っております」と言い、ついでにかっとして、「これはあたくしの持っている宝石で一番安物でございますよ。旦那さまからいただきましたのですから」と付け加えた。そしてわたしはお払い箱になった。

金の蝙蝠を今とり出して眺めると、当時のおぼつかない、哀れな、痩《や》せこけた小娘の自分が甦ってくる。


カルロスはロマンティックな男であると同時に、商才もあったので、まあ当分はマリヤに店の経営を任せておいてもよいと考えていた。マリヤは店の経営の出納に関しては事務的に几帳面にやったし、商売も下手ではなかった。いつも店番をしながらガラスのケースに肘をついて、何をするでもなく空想にふけっているのだったが、客が入ってくると、にっこりと笑い、直ぐにそばに寄って行ってあれこれとうるさくは言わずに、しばらくは客の物色するままに放っておく。そして頃合いを見はからって、何となく世間ばなしでも始めるような調子で喋りかける。

「あたしはいつでも思うんですよ。こんなつまらない貝殻のネックレスですけどね、いったいこの貝殻のひとつひとつがどんな国のどんな浜辺から流れついたんだろうと思うと、不思議な気分になるんですよ。

——まあ、ごらんなさいな。この銀の平目のブローチを。片眼をつぶってウインクしているみたいでしょう。ところで、御存知ですか、平目のおなかは真白ですけれど、うす桃色の血管がすけて見えるんです。蒼味《あおみ》を帯びて見えることもありますよ。濡れた女の肌みたいなんです」

そんなことを言いながらマリヤは更に金のサボテンのブローチをとりあげる。

「このサボテンのブローチはメキシコのデザインですけれど、このサボテンには青いすももほどの大きさの実がなって、皮をむいて食べると甘い水気の多い、ちょっと青くさい香りがなんとも言えないんです。舌の上でちょっと種子がぷつぷつしますけれど、それがまたいいんです。ほうら、この丸いいぼみたいにくっついているのがその実ですよ。裏がわは肌に当って痛くないように平らに仕上げてありますけれど、ちょっと変ったデザインでしょう」

すると客は何となくつまらない貝殻のネックレスや、高価な金のブローチを買いたいような気分になるのである。

彼女はまた店のディスプレイにもなかなか才能があった。乾いた海草や流木や木の根っこや宿り木の蔓《つる》や、立ち枯れた木につく苔や、巨大なきのこ、たとえば猿のこしかけや、白樺の幹の皮や、かんな屑、おが屑、麦藁《むぎわら》、曲った針金、錆びた鉄鍋など、ありとあらゆるものをぼろきれやほつれた糸や古びた肩掛や毛布やテーブルクロスなどと一緒にして、不思議な世界を創るのである。枯れた宿り木の間にぶらさがる苔の間に金のてんとう虫がとまっていたり、流木の枝の間に貝殻のネックレスがからみついていたり、黒いひだがこわばった猿のこしかけの上に、狼の毛のパルカを着たエスキモーの人形が腰かけていたりすると、街をゆくひとはつい立ち止ってショウウィンドウを覗きたくなるのだった。

まあそんなわけでマリヤはギフトショップのマネージャーとしては上出来の人物だといってよいだろう。

ただ、カルロスは何となくマリヤの将来のことが気づかわれて、折にふれてフランツの話をむしかえした。するとマリヤはきっぱりとした口調でこんな風に言う。

「あのひとは二十年前よりももっとあたしを陰気にしますよ。いいえ、としのことじゃないの。誰だってとしはとる。それはあのひとのせいじゃないわ。

でもフランツは、口の中でぶつぶつ言うのが前よりもっとひどくなったわ。わけのわからない何十桁という数字をね、のべつまくなしに口の中で呟いているのよ。あのひとは凡ての重要な数字を全部自分の頭の中に暗記しているのですって。ノートに書いておくと、スパイに盗まれるかも知れない、って言うの。フランツは、自分は世界的な学者だから常にその研究成果を盗まれて殺される危険にさらされている、と思いこんでいるのよ。学術院会員っていうのはそういう危険があるんですって。だから、口の中で数字をぶつぶつ呟いて、万巻の書物を頭の中で毎日整理し直しておくわけなの。

そして、あたしが朝起きて、笑いかけると、恐ろしい顔でこう言うの。〈どうしてそんな倖せそうな顔をしている。バカでない限り、この世に愉しいことなんか決してないんだぞ〉って。そして二言目にはこう言うの。〈ぐっすり睡れる奴らは脳の具合が異常なんだ〉って。

そうよ。あたしは脳の具合が異常なんだわ。だから、よく睡ってよく肥るんです。——でもフランツは、もう七十だというのに二十歳の心臓だって医者に保証されたんですって。あのひとはとても健康で、六十ぐらいにしか見えないのよ。でも睡れないんですって。

あのひとはドーリャに最高の教育をほどこし、立派な結婚をさせたことを何べんも言ったわ。ええ、それだけはあたしも感謝していますとも。〈フランツ、何もかもあなたのお蔭よ。あなたの奥さんが、——彼は戦争でわたしが上海にいて音信不通になってしまってからアメリカで結婚していたのだけれど、その奥さんが死んだのであたしを上海から呼び寄せる気になったの。——あなたの奥さんが生きていらしたらねえ。あたしはひざまずいてドーリャを育ててくれたあなたの奥さんにお礼を言うわ〉ってあたしはあのひとに言ったの。

ああ、なんだって、その奥さんは死んじゃったのかしら。そうすれば何もかもうまくいっていたのに」

「いい奴はみんな死んでしまう。つまり、神様に愛されているんですよ、ぼくの——」カルロスは言いかけた。

カルロスは時には自分の話もしてみたいと思い、言いかけてみることもあるのだが、マリヤがのべつまくなしに喋っているので、自分の話を続けることが出来なかった。彼はいつだってマリヤに会うと、一方的にマリヤの話を聞かされるばかりで、後になって、自分も少しは喋ればよかったと思うのだが、ついぞそういう機会はないのだった。おれは何だって、この女にこうのべつまくなしに喋らせて、それをぼんやり聞いているんだろう。だがおれは結構それを愉しんでいるし、つまりはマリヤがおれの言いたいようなことを言ってくれるので、自分が喋ったような気になるんだな、と黙ってしまう。

「で、ともかくドーリャにひかれて、アメリカにやって来たの。やれヴィザだのパスポートだの、身元引受人だの、いやというほど面倒な手続きを一年がかりでやってね、とにかくやっとの思いでアメリカまで辿りついたんです。ところが、フランツに会ってみると、そんなふうでしょう。今更、上海にも帰れないし、といって、とてもフランツの女中になる気はなし、やっといろんなつてでこの町にやって来たんです。ロシア的な町だからいいだろうってことでね。でもこの町は全然ロシア的なんかじゃありませんよ。典型的なアメリカの田舎町よ」

「典型的なロシアの町だったりしたら、あんたなんかとても居られたものじゃない」カルロスは言った。

「人に忘れられた、海に半分沈んでしまったような町だから、あんたやぼくもどうやら息をついていられる。ぼくはこの町を気に入っているよ。保守的だが、他人に無関心で、みんなそれぞれに自分のことだけ考えて暮している。ぼくはさんざん他人と協力しようとしたが、いつもがっかりしたんで、今じゃ他人の迷惑にならないことを考えるのがせいいっぱいだ。もっともぼくは今だって保守党に票を入れようとは思わないけどね」

カルロスはやっとの思いで少しばかり自分の見解を述べて言った。

「政治のことはわからないわ。まあ、あなたがた、好きなようにおやりになったらいいでしょう。あたしは気にいらないやり方が横行して来たら、逃げ出して、今度は海辺のほら穴なんかに蝙蝠と一緒に棲むわ。

そして、年に一回ぐらいフランツを訪ねて、一週間ぐらい一緒に暮して、公園を散歩したり、ドーリャの話をしたりして、あとはぐっすり睡ります。

もちろん、フランツは学術院会員だし、年金は充分あるし、あたしがあのひとと結婚し直しさえすれば、経済的には全く心配ないってことぐらいわかるわ。

でもあたしはまだ働けるし、あのひとは寝こんでいるわけでもなし、お金もあるのだから、看護婦でも女中でも雇って、好きなように数字を口の中で呟いていればよいと思うの。あたしは妙な夢をみてアメリカまでやって来たけれど、別にそれを後悔もしていませんよ。あのままずっと上海にいればよかったとか——。そんなことを言えば、あのままずっとシベリヤにいればよかった——あのままずっと白い馬のサーカスにいればよかった——あのままずっと——なんだってあのままずっとそうしていたら、——何ひとつ起らず、何ひとつ愉しくも哀しくも切なくも嬉しくもなかったでしょうよ。だからあたしは自分のしたことを後悔はしないけれど、いつだって、自分の現在をぽいと投げ捨てる勇気はありますよ。

フランツにはフランツの暮し方があるし、あたしにはあたしの暮し方があります。——娘は、ドーリャはわたしの知らない女になって、倖せに暮しています。あたしにはあの子を生んだという理由だけであの子を不倖せにする権利はありませんよ」

「ドーリャはともかくとして、――倖せなんだから。――フランツがもしそんなに不倖せなら、行って、あんたの力で倖せにしてやりたいと思わないの」

「あなただって、カルロス。別れた女を凡て倖せにしてやることなんかできっこないでしょう。愛らしい妖精だと思って行ってみたら、毒薬をこねている魔法使だったりしたら、――その女が」

「しかし、うっかりすると、あんたは自分自身が魔法使になっちゃうってことも――四頭のシベリヤ犬なんぞにかしずかれて」

「はっはっは」マリヤは笑った。

「まあいいから、カルロス。もしあたしが死んだら、ドーリャに手紙を書いて頂戴。〈母親の遺産をとりに来い〉って。現金はないけれど、宝石があります。死にそうになったら、あたしはあれを銀行に預けに行きますよ。カルロス、まさかあたしの枕元から、あたしの遺品を盗むなんてことはしないでしょうね。

ねえカルロス、あたしは此の間、カリフォルニアのドーリャを訪ねた帰り、独りでディズニーランドに行ったのよ。あたしは魔法のほら穴を走る電車や、大蛇や鰐や河馬《かば》のアニメーションが水の中から首を出す、ジャングルの河を渡る船に乗ったり、黄色い潜水艦に乗って海賊の沈めた船の宝物や、指環と金歯だけ残った王様の骸骨や、真赤ないそぎんちゃくや雲丹《うに》やひとでや蒼い蛤なんかを見て来ました。それから、飛行機に乗って、ガラスのお城に空の上から爆弾を落したわ。

それから、——ベンチに坐って子供たちを眺めていました。もっと何か他の乗物に乗りたいって切符をねだっている男の子や、驢馬《ろば》の背にしがみつくようにして乗っている女の子を見て、あたしは昔、ドーリャを連れて行って乗せたメリーゴーラウンドや、花電車を思い出しました。あたしがまだ若すぎて、いつも時間が足りなくて、メリーゴーラウンドや花電車のそばでドーリャが飽きるのをいらいらしながら待っていた過ぎてしまった時間のことを考えていました。あたしは今じゃ昔より、もっと時間をケチケチしなきゃならない筈なのに、半日もそうして他人の子供を眺めていましたよ。

帰りにはもうドーリャのところへは寄らずに飛行場から電話だけかけたの。だってあの子は次の日がコンサートで、とても忙しかったんです。電話をかけたら、〈ママ、マイケルが熱を出したの。病院に入れて、ジョージがみていてくれるの。ママがいたらどんなにか助かったのに〉って言いました。マイケルというのは二つになる孫で、ジョージは婿です。あたしは考えたけれど、もしあたしがまだ居て、誰のせいでもなく、神様の思し召しで、マイケルの熱がもっと高くなっていたりしたら、と思い、よかった、と思いました。

〈ドーリャ、大丈夫よ。ジョージがいるんですもの。明日のコンサートをしっかりね。もうチェックインを済ませてね、飛行機に乗るところなのよ。じゃあまた、ドーリャ〉そう言って電話を切りましたよ」

カルロスとしてはマリヤはたとえ五十八という年齢がほんとうにしても、どっちみちもう年なのだし、昔十年も一緒に暮した男が残りの人生を慰め合おうと言ってくれるのなら、その招きに応じたほうがよいのではないかと思うのだ。それに、彼自身とマリヤとの関係を考えても、もしこのままこの町でマリヤが彼のギフトショップに永久に居坐るとなれば、まあもう数年は役立つとしても、後のことを考えると不安であった。

「しかし、学術院会員なのだから――」カルロスは思いきり悪く言った。「有名な学者なんでしょう。つまり、つけねらわれるほどの」

「そうですよ。だから年中わけのわからない数字をぶつぶつ呟いています。この間のチリの地震のことなんか、ずっと前から予言していました。長たらしい数式と心電図みたいなグラフがあのひとの脳味噌には蜘蛛の巣みたいにはっているのね。ああ、そうだ、地震といえば、アヤに話をしなくちゃならないわ」

マリヤは相手とこれ以上ついていけない話になると、実にあっさりと腰をあげるのだった。

「カルロス、何てきれいな夕焼雲でしょうね。インデアンの民話にこんな話があるんです。老いた母親がつくってくれた鶫の羽で織った着物を着て長い漁に出ていく息子が別れ際に母親に言うんです。〈お母さん、ぼくはもう、これっきり帰って来ないかも知れないよ。海の波が意地悪なら、それっきり遠くの国で暮しを立てなきゃならなくなるかも知れないんだ。でも、そうしたらお母さん、夕暮には、この鶫の胸毛みたいな赤い夕焼雲になって西の空にあらわれるよ。夕方、浜辺に出て、西の空に朱い小さな雲が沢山たなびいていたら、ぼくが元気で暮していると思っておくれ〉って。

嵐が吹いて息子が帰ってこなくなった日から、母親は来る日も来る日も浜辺に立って、西の空を眺めていたのよ。そして朱い羽の一面に舞い上る西の空を眺めると、安心して眠りました。ねえ、カルロス、ひとはみんな、それぞれに生きなきゃならないわ。

ああ、そうだ、アヤに会いに行かなくっちゃ。地震のことで」

マリヤはトルコ石の色の帽子を直し、ハンドバッグから手鏡をとり出して自分の顔ににっと笑いかけた。「今晩は、マーシャ、御機嫌いかが」それからカルロスに手を振って別れて行った。

Ⅳ

アヤがチヅを連れて休暇で日本へ帰るということをきいて、マリヤは心が落ちつかなかった。チヅを連れて実家《さと》帰りするのをよくラスが許したものだと思い、そのことにも納得がいかなかった。アヤには日本にチヅの父親である別れた夫がいる筈だったし、そんなことも気になった。ひとは一度後に捨てたものを取りに戻ったりするものではない、とマリヤは思い、釘をさしておかなければならない、と思っていた。それに、日本には近く大地震がある筈だった。何を好きこのんでそんな危険な国へのこのこと出かけて行く必要があるだろう。

マリヤが電話をかけると、アヤは睡たげな声で電話口で言った。「ああ、マリヤ、あなたのところに航空便が来ていたわ。ダイレクトメイルではない――。さっき郵便局に行ったときあなたの郵便箱を覗いたのよ」

マリヤは嬉しさの余り上ずった声で言った。「まあ、誰からかしら。じゃあねアヤ、その郵便をとってから、あなたのところに行くわ。あなたが日本に行くことについて、是非とも話があるのよ」

マリヤはイタリア製の琥珀色のふちのサングラスをかけて、郵便局まで航空便をとりに行った。こんな小さな町では郵便配達夫はいなくて、みんながそれぞれの郵便箱にとりに行かなければならないのである。銀色の犬の毛がいっぱいついた真赤なスラックスをはいて、黒いジャケットを着たマリヤに、小さな町の顔見知りの人達は手をふって挨拶した。

マリヤはどんな雨の日も風の日も郵便箱だけは必ず見に行った。誰かが、或る日、突然便りを寄越し、何かを語りかけてくるかも知れない、ということだけが彼女の唯一の生甲斐だった。

彼女はこまめに旧友たちに手紙を書いたが、返事をくれるのは半分もない。それは多分、彼女の友人の多くが遠い離れた国に住む人ばかりであり、その国を捨てたマリヤを自分たちとは無関係な人間だと決めてしまっているからなのだろう。彼等の多くは世界一金持の国に何とか理由をつけて移り住んだマリヤをいくらか羨《うらや》ましげに、いくらか蔑《さげす》んで、そっけない季節の挨拶に加えて、ほんとうはマリヤがどんな風に暮しているのかをいくらか疑わしげに探るような手紙を寄越した。彼等は自分たちの変りばえのしない暮しの不平を言い、マリヤと一緒に過した昔をなつかしんではいたが、彼等の不平には大した意味がなく、昔の思い出にも特別深い心を残しているというわけでもなかった。

そんなことはわかっているのだが、それでもマリヤは毎日見に行った。

もしかしたら、突然、どこへ行ったかわからなかった友人が、「今日は」と言って来るかも知れない。大したことでなくてもよい、ほんのちょっと思い出してくれるだけで充分なのだ。

航空便はフランツからだった。マリヤはいくらかがっかりもし、慰められもした。実際、ドーリャよりも誰よりも、フランツのほうがずっと彼女に関心があるに違いなかった。それに、遠くに居るひとの言葉は、いつも物柔らかで、よいことだけを思い出させる。その上、女というものは自分が関心を持たれているとわかっている限り、どんな嫌いな男からの手紙でも読まずに紙屑箱に捨てるなどということは絶対にあり得ない。嫌いで嫌いで仕方のない男からキスされるのだってそう悪い気分じゃないのだ。首を振って後ずさりしながら、悪態をつき、三日もすると自分の方から電話をかけ、相手が出た途端にがちゃんと切ってしまい、淋しくなるという習性を持っている。

マリヤは封を切った。

「愛するマーシャ。

元気に暮していることと思う。

何度も言うが、もう一度考えてみてくれないか。わたしには年金もあるし、きみがそんな淋しい町で独りで暮していることはないと思う。

わたしは此の間、ちょっとした心臓の発作に見舞われた。今、病院にいるけれど、大したことはない。何、ほんのちょっとしたことだ。それよりも、わたしの頭の中ではすでに完成した研究が、まだ正式に発表していないだけに、狙っている者が沢山いるのには閉口だ。神経過敏にならざるを得ない。

きみがそばに居てくれれば、申し分ないと思う。何れにしても飛行機の切符を送るから、遊びに来ておくれ。ドーリャからはしばらく便りがないが、便りのないのは元気のしるし、と思っている。

会えば話は尽きないと思うが、手紙ではうまい具合に書けない。

きみのフランツ」

マリヤは郵便局の窓辺で三度読み返してから、ポケットに入れた。

つい此の間、二十歳の心臓だと医者に保証されたと言った筈なのに、やっぱり心臓の発作を起した老いた男の手紙を、マリヤは遠い過去をいじるように、ポケットの中で指先でさわりながら下を向いて歩いた。彼女は研究の成果を盗まれはしまいかという妄想のために、奇怪な形相《ぎょうそう》で空《くう》をみつめている気味の悪い老人が、かつて自分の夫であったということに腹を立てもしたが、哀れでもあった。あのひとは七十になったたって、六十の女に焼餅をやくに違いないわ。わたしが夜ぐっすり睡れたから、と言って。わたしの食慾があるといって。わたしが鏡を見て笑うといって。わたしが他人に興味を示すと言って。わたしが犬を可愛がると言って。そしてあのひとはわたしに膝掛をとってくれと言い、わたしに脈をとらせ、わたしにキスしてくれと言い、救急車を呼んでくれと言うだろう。あのひとは自分の年金と学術院会員のことをくどいほどわたしに思い出させるだろう。わたしはあのひとの下着を洗い、あのひとの足をさすり、あのひとが咳きこむのをじっと耐え、あのひとの顔色を読みながらカーテンをひき、あのひとにかくれて手記を書かなければならない。

その時、冷たい強い風がひと吹きやってきて、マリヤは息を吸いこむと胸の奥がキリを刺し込まれるような痛みを感じてぎょっとした。胸の片隅に、黒い耳を立てた悪魔が笑いながらしがみついて、胸壁を足で蹴とばして喜んでいるのをマリヤははっきりと見た。死んだ人間の肉を喰って、黒い血を唇のまわりにつけて舌なめずりしている悪魔は、彼女の胸壁に鋭い爪を立ててぶらさがり、足をばたばたさせていた。

彼女は風の中で背をまるめて小走りに歩いた。ポケットの上からフランツの手紙をしっかりと押えて、彼女はアヤの家の戸を叩いた。

青いガウンを着たアヤがセットした髪にスカーフをかぶって出て来た。

「郵便局へ行った？　マーシャ。手紙が来ていたでしょ」

マリヤは黙って頷いた。

「フランツからよ。あのひとはやっぱり二十歳の心臓じゃなかったの。心臓の発作を起したんですって」

「行ってあげないの」

「飛行機の切符を送って来たのよ」

「行っておあげなさい」

「そうねえ。それよりもアヤ、あなたはほんとに日本に行くの。わたしはそのことについてあなたに忠告しに来たのよ。日本は近々地震があるのよ。フランツが予言しています。大地震が済んでしまうまで、行っちゃダメだわ」

「土が割れるかも知れないと思って心配していたのじゃ、何にも出来ないわ。飛行機に乗れば飛行機が落ちるかも知れない。船に乗れば船が沈むかも知れない。街を歩けば地震があるかも知れない、と思って、おうちにじっとしていたって、雷が落ちるかも知れないわ。自動車のドアをあけようとして雷にうたれて死んだ人もいるし、歩いていて車にひかれて死んだ人もいるし、寝ていて屋根に飛行機が落ちて来て死んだ人もいるわ。もう行くことに決めたんですもの。やっぱり行くわ。ラスの神経痛は今年はバカに調子がいいし、行けるときに行かなければもういつ行けるかわからないもの」

「近々地震があるかも知れないところへのこのこ出かけて行くなんて。あたし、それをわざわざ言いに来たのよ。そりゃね、アヤ、フランツは少し妙なひとだけれど、地震にかけちゃ権威なの。やっぱり少しは信じたほうがよいと思うわ」

「あなたもフランツのところへ行っておあげなさい。病気のときに、利害関係からではなくて、仕事というのでもなくて、ただそばにいてやる、という親切心で、誰かが来てくれるって、一番嬉しいことじゃないかしら。小さな子供に纏わりつかれて、一歩も外に出られないときに、泣き喚く子供の相手を承知で訪ねてくれる人は女にとってほんとの親友よ。フランツが泣き喚く子供の代りに病気にとりつかれているなら、行ってあげるべきだわ」

「そうねえ、カルロスが休みをくれればね。――それから、留守の間、誰か犬をみてくれる人があれば」

「カルロスは、あなたはフランツと暮すべきだと言っていたわよ。犬は、期限つきならラスが餌ぐらいはやると思うけれど。――ねえ、マーシャ、いっそのこと、この機会に、犬を誰かに譲るとか、何とかすれば。どっちにしたって四頭というのは多すぎるわ。そうすれば、あなたはもし気が向けば、そのままずっとフランツと一緒に暮すことができるじゃない」

「それはアヤ、べつの話。一緒に暮すことと、見舞いに行くこととは。犬のことだってもちろん、期限をつけて預って貰うだけよ。

あなただって、アヤ、まさか、日本に帰ってしまうつもりじゃないでしょう。チヅを連れて。ただ、昔のお友達に、会いに行くだけなんでしょう」

「それはそうよ。そうにきまっているじゃないの。向こうからはちっとも来てくれないから、行くしかないのよ。

ねえ、マリヤ、わたしはチヅの父親に会って来たいのよ。まあ、待って。よりを戻そうという気じゃなくて、あのひとが紙屑みたいに放り捨てた女と子供を見せびらかしに行きたいの。ひとことも日本語を喋らず、あのひとには全く通じない言葉で何か喋りながら、母親の服の裾につかまって、あのひとを見知らぬ男のように見上げて毛嫌いするチヅを、あのひとに見せてやりたいのよ。アメリカでは子供と別れた父親や母親が会うことは法律で認められ、保護されているわ。わたしがあの子を父親に会わせたって、ラスは文句を言わないと思うの。それどころか、自分の方から、チヅを父親に見せて来たらいいじゃないか、って言ってたわよ。自分が育ててやったんだ、とラスは言いたいのよ。

だから、わたしはその会見がどんなだったかを報告するためにも、ラスのところに帰って来なくちゃならないの。

それから、わたしが、昔死にもの狂いでしがみついていたものが、今、どんなに見えるか、ちょっと確かめてみたいのよ。わたしが心に描いている、美しく、恋しいものが、ほんとにその通りなのか、ちょっとみてくるだけ」

マリヤはアヤの歯をきしませる音が聞えるようなものの言い方に、その年頃の自分を見て、微笑んだ。黒いネットをぱっとはねあげて自分をブタ箱に入れた巡査に会いに行くためだけに、自分はミハイルと結婚したのではなかったか、と思い、それにもかかわらず、自分はミハイルを一番愛していたと今でも思っている、と微笑んだ。

「帰ってくるにきまっているじゃないの。わたしは。でもあなたは違うわ。もし、その気になればあなたはずっとフランツと一緒にお暮しなさい」

不意にマリヤは自分がカルロスや、この娘同然のアヤにさえも気づかわれている身分だということを自覚し、ポケットから一度とり出したフランツの手紙を、思い直してアヤに見せるのをやめた。そして不思議なことに、マリヤは自分よりもフランツの哀れさをかばってやりたい気分だったのである。

「大したことはないのよ。だってつい此の間まで、あのひとの心臓は二十歳の心臓だったんですもの」マリヤは繰返した。


結局、二人は町を留守にした。町のひとびとはみんな忙しくて、マリヤとアヤの姿が見えないのを大して気にもとめなかった。ただギフトショップの贔屓《ひいき》の客と、ラスの友人だけが、マリヤとアヤの姿がないのに気づいていたが、休暇をとって旅行に出ていると聞くと、それ以上のことは訊かなかった。

カルロスはマリヤの留守の間、ギフトショップを隣の島に棲んでいる朝鮮人の女に任せた。カルロスは入江の中にある小さな島に住んでいて、毎朝ボートで町まで通ってくるのだったが、その彼の島の隣の更に小さな島に最近この女が住むようになったのだった。この二つの島は潮の満ちているときは海に隔てられるが、潮が引くと歩いてわたれるのだった。磯のまわりには鮑《あわび》や雲丹がじっと息をひそめていて、栂《つが》とえぞ松と野いちごの繁みに蔽《おお》われた島だった。その野いちごの花を海を泳いでやって来た鹿が食べたりする。朝起きて船着場へ降りる小径《こみち》を行くと、鹿の喰いきった花の茎が、二つに分れた小さな足跡の脇に道標《みちしる》べのように続いているのだった。

もとはといえば、その隣の小さな島の山小屋はカルロスが或る女と一緒に自分たちの手で建てたものだが、その女は去ってしまい、空家になっていたのを、その朝鮮人の女に貸したのだ。この朝鮮人の女をカルロスは毎朝モーターボートで町まで送り迎えをし、ギフトショップに坐らせたので、町のひとたちは、カルロスが新しい愛人をつくったと思っていた。

この朝鮮人の女は二十だか三十だか四十だかさっぱり年のわからない仙女みたいな女で、大層な学者だということだ。ある大学の助教授をしていて、学位も持っているそうである。何の学者かということに関しては、民族学だという者もあり、民族音楽学だという者も、いや、シャーマニズムの大家だという者もいた。それはともかくとして、いろんな楽器をいじる女で、ごく内輪のパーティのときなどは彼女に笛や琴を弾かせたいために招待する者もあった。しかしギフトショップでは店番をしながら、眼鏡をかけていつも難しい本を読んでいた。

マリヤはとうとうお払い箱になったのだ、とひとびとが思い始めた頃、マリヤはアヤと連れ立って再び町に戻って来た。手紙で打合わせをして、三人でディズニーランドで遊んで来たのだそうである。

「ええ、ええ、御伽噺《おとぎばなし》の船だって、魔法の城の電車だって、チヅとはあたしがみんな一緒に乗ってやったのよ。アヤは面倒臭がってねえ、直き気分が悪くなるって言うんだもの、若い母親はみんなそんなものだわ。――ええ、あたしだってそうでしたけどね」マリヤは会うひとごとにディズニーランドの話をきかせていた。「一度是非行ってらっしゃい。大人だって結構愉しいわ。いろんなことを思い出しますよ、子供の頃の」

ギフトショップには再びマリヤが坐るようになり、朝鮮人の女は印刷所の方にときどき出入りしている様子だった。マリヤともよく往き来して、マリヤはショウウィンドウの飾りつけに、古びた笛や太鼓を並べたりするようになった。

「ええ、朝鮮の友人の智慧でね。最近はフォークソングばやりですもの。若い人たちにはかえって古い楽器が喜ばれるんです」マリヤは飾りつけを賞めるお客に言っている。

アヤはときどき物を買うのでもないのに、店を訪ねて話しこみ、飽きもせずに日本の話をマリヤに聞かせていた。

マリヤの方はフランツに関してこんな風に言った。

「あのひとの心臓はね、まあ五十歳ぐらいってところらしいわ。それから、とうとう、人に盗まれそうな重要書類は銀行に預けることにしたんですって。

フランツはね、独りの癖に、三つもベッドルームのあるアパートメントに住んでいるのよ。グランドピアノがあるけれど、少し調子が狂っていたわ。ええ、昔、娘のドーリャが弾いていたものなの。

彼は毎朝三十分ずつ体操をするのよ。もちろん、あんまり過激なのはしないわよ。右の拳で左の肩を叩くとか、背のびをする運動とか、首をまわすとか、まあそんなものね。

それはそうと、アヤ、あたしはヨガの本を買って来て、読んでいるところなの。ねえアヤ、どうお、あなたも一緒にやらない？」

アヤがどうしてフランツのところにとどまらなかったのか、としつこく訊くと、マリヤは首をふって言った。

「べつに理由なんかないわよ、帰ってくれれば、また店はやらせてくれるってカルロスは言ったんだし。

それに、犬のこともあるしねえ。犬四頭を食べさせるのに月々百ドルかかると言ったら、フランツはびっくりしてね。〈地上じゃ人間だって四人で五十ドルで食っているところもあるんだぞ〉って。それはわかっている、そういうことはなくなるように、社会が努力すべきだ、とあたしは答えたけど。これは、個人的な問題だから。あたしが百ドルかかる犬を殺せば、パキスタンの難民が救えるんなら考え直すけど。——その上、この町から東部まで、飛行機で犬を運ぶと、一頭につき百ドルだけれど、それはどうもひどいやり方らしいのよ。そばで見張りをしながら一緒に行ける小型機をチャーターすると、二千ドルぐらいはかかるんじゃないかしら。〈そんな話は論外だ。犬なぞは荷物引きにでも売っ払ってしまえ〉って、フランツはまた心臓の発作を起しかねない有様だったわ。荷物引きだなんてねえ。アナクロニズムな。今時、エスキモーだって、モーターのついた雪上車を使っていて、ハスキーはあざらしの肉にもありつけなくなったのに。

その百ドルの犬の航空便扱いはね、飛行場で会った人の話によると、飼主が飛行機に乗っけた途中で、顔をみせてくれと係員に頼んでも、見せてくれなかったのですって。それで、どんなところに入れられて、どんなひどい目に会っているのか全くわからないというのね。引きとるときには死んでたなんてこともあり得ると思うの。それで、その人が係員に〈百ドルも払ったのに、もしものことがあったらどうしてくれる〉って怒鳴ったら、〈そういう時のためには、奥さま、保険というものがございます〉って言うんですってさ。まあ、何てこと、それじゃ、始めからそういう危険をみすみす知っていて乗せるんじゃない。どうしてそんなところに乗せられるものですか」

マリヤはアヤの家でビフテキを食べる時は、必ず骨を残しておいてくれるように言い、またカルロスと時々行くレストランの調理場とも特約して、ラーラとイヌとフントとペロを養っている。

アヤやカルロスや朝鮮女についてはまた今度話すことにする。

よろず修繕屋の妻

アヤという日本女といえば、町の人はあああの黄色い小人、大女のロシア人・マリヤといつも一緒にいる小女、というふうに思い浮かべた。この奇妙な二人の女はいつも一緒にいて人目をひいた。以前はチヅというアヤの連れ子がこの大女と小女の間に挟まってひきずられるように歩いていたものだ。マリヤとアヤは親子ほど年が違ったが、親子ほど似通った雰囲気を持っていた。まず、二人とも風体がなんとなく異様である。乞食のようなおんぼろのなりで二人で海辺で海藻を拾っていたり、日がな一日岩の上で釣りをしていたり、そうかと思うとやけに気取った一昔前の映画に出てくるようななりをして街を歩いていることはもう前にも書いた。

マリヤの放浪の話は以前したから、今度はアヤのことを喋ろうと思う。アヤは一度日本で結婚して、チヅを生んだが、日本人の夫に捨てられたので、アメリカ男のラスと結婚してアメリカにやって来た。日本で商売女をしていたわけではなかった。商売女に近いと言えばむしろマリヤのほうではないかと思う。彼女はまあいえば一種のものわかりのよい娼婦とも言うべき性格を、長い間の放浪で身につけていたので、アヤの夫のラスは、最初のうち妻がマリヤと仲良くするのをあまり快く思っていなかったが、最近は何も言わなくなった。

「ロシア人のすべてがコミイ（共産主義者）というわけでもないようだ」ラスは言った。

しかし、ラスはマリヤの娼婦的性格に加えて、知的な趣味をやはりいくらかバカにしていた。マリヤの夫が学術院会員だという話や娘がオペラ歌手だという話も、ラスは気に入らなかった。その上、マリヤは何かと言えば、「あたしの夫が」とか「あたしの娘が」などと言うが、正式には「あたしの以前の夫が」とただし書きをつけるべきである、とラスは考えていた。というのは彼等は現在一緒に棲んでいるわけではないし、別居するようになった理由も、マリヤのほうにあるように思われた。

「つまり、マリヤが情夫《おとこ》をつくったんだろう。だから追い出されたんだ」ラスは言った。しかし、事実は、マリヤが男たちと親しくしすぎるということはあったにしても、夫に叩き出されたわけでもなく、戦争だの、いろいろ不幸な事件のため、別居に追いやられてしまったのである。

情夫をつくる女はコミイと同じくらいラスにとっては気色の悪いヤツだった。彼は一度毛嫌いしたものに関しては論理を追って考えることができないのだった。

情夫と共産主義者は彼にとっては決してきり離せない密接な関係を持っていた。というのは彼の最初の妻が共産主義者の学生と駈落ちしたからである。ある朝、彼が夜勤のスケジュールが突然変って家に帰ってみると――その頃彼は自動車工場に三交代勤務で働いていたが、彼の親友の妻のお産が急に早くなったため、時間を変えてくれないかと頼まれたのである――妻は若い男と裸で寐《ね》ていた。妻は裸の腕を男の肩のあたりに投げ出すようにして、丁度猫が愛されている主人の前で腹を上に向けて睡る姿態で、寐入っていたが、男はマルキシズムの本を読んでいた。もちろん、彼はそのときその本がマルクス主義の解説書である、などということを読みとる余裕はなかったのだが、男が慌てふためいて出て行ったあと、シンデレラの片方の靴のようにその本を置き忘れていったから、わかったのである。

ベッドの脇の壁にはライフル銃がかかっていたが、ラスはそのライフル銃をじっとみつめ、一、二、三、と深呼吸をしながらゆっくりと数え、心を落ちつけた。そのライフルは彼が夜勤で妻が独りのとき、夜半に妙な訪問者があったりしたときは、それをかまえて応対するように、妻に操作を教えておいたものであった。彼は人殺しのこと、電気椅子のことをちらりと思い、いや、事情が事情だから、電気椅子送りになることはあるまいが、とすばやく考えたが、また、あてにならない裁判というものの恐怖も同時に思い浮かべ、一所懸命心を落ちつけた。男はゆっくりと下着を拾いあげて身につけていた。彼はライフルから目をそらして窓の外でゆれている菊を見、この場の証人となってくれるのは菊しかないのなら、男がまだ裸のうちにライフルの引金をひくべきなのだ、と思いながら、ついにひかなかった。その男は熊のようにのっそりと立ち去った。

「ふん、ゴミ溜め漁りめ」それ以来、ラスはその場面を思い出すたびにこう呟くことにしている。

妻はひとことも口をきかず、スーツケースを押入れから出し、荷物を纏めて出て行ってしまった。妻が物を言わない時間は怖ろしく長く、ラスはその間に数度ライフルのほうを見、またゆれている菊を見た。彼は自分が何か口を利けば、とり返しのつかない悲劇が起るか、あるいは、いやらしい和解が成立するだろう、と漠然と感じていた。どっちにしても沈黙こそ自分のとるべき道である、と彼は耐えていた。

妻が出て行ってしまうと、彼は居間のソファに寐ころんで、ラジオを聞いた。ラジオはヴェトナム戦争のことを言っていたので、彼は出かけていってヴェトコンを片っぱしから殺してやりたいような気分に襲われた。

しかし、結局、彼はヴェトナムには行かず、かわりに日本に行って、アヤと結婚したのである。アヤは基地に勤めていた日本人の通訳の妹で、離婚したばかりで、赤ん坊のチヅと部屋の片隅に捨てられた犬の母子のようにうずくまっていた。彼は日本人の暮しに興味があったので、或る日用もないのに通訳について彼の家まで行った。

彼の家はラスから見れば家というよりは小屋といったほうがよい貧しい家だった。ごちゃごちゃした迷路の一角に、他の家の屋根の下をくぐり抜けていくという感じで辿りつく家だった。台所で洗い物をしている主婦の姿とか、下着一枚でごろ寐をしている男の姿などが通りから見えた。そして家の中にいても隣の家の話し声がどうかすると聞こえたりする。それは丁度動物同士肌をすり合わせる汗っぽい感じに似ていた。アヤとチヅはじゃれ合っている犬の母子のように見えた。

「亭主に捨てられたんですよ」アヤの兄は言い、「どうにかこれからの身のふり方をきめなくっちゃ」と附け加えた。

アヤはほっそりとした少女で、どうしてこんな女が子供を生めたのかと思うほどだった。腰は細く、胸は硬く、手足は日蔭の細い蔓みたいだった。彼女は赤ん坊に着せる小さな着物を縫っていた。赤い絞りの柄で、それを、ミシンも使わずに手で縫っていたのである。たった三間しかない家だったし、夏の終りの暑い日で唐紙《からかみ》をあけておくしか仕方がなかった。わずかばかりの庭があって、ダリヤやコスモスや、矢車草などが咲いていた。花の上に渡されたロープに、縫っている赤ん坊の着物と同じようなきれが、赤い雫《しずく》をしたたらせて、まだ絞ったままかけてあった。

「わたしが絞ったんです。母の古い着物のきれで」アヤは言った。

花ゴザの座布団をしいて、くけ台を膝の下に敷き、縫物をしているアヤの姿を見て、ラスは突然そこにみずみずしい得体の知れない言葉が生まれるように感じたのである。こんな場合、お互いに片言の外国語のほうが流暢な同国語よりずっと神秘的である。

「私は、英語なんか喋れません。大学には行けなかったんです。お金がなかったから」アヤはたどたどしい英語で言った。すると、ラスは、妙な感動でその女に魅きつけられた。そしてヴェトコンのことなどはすっかり忘れてしまい、一日も早く除隊になって、アヤとチヅを連れてアメリカに帰ることを考えるようになった。

「おれは大学に憧れている女は嫌いだ」ラスは言った。彼を裏切った妻は大学に入学はしたが、怠け者で、途中でやめてしまったのである。学期試験に落第ばかりしていて、単位がとれなかったのがほんとうの理由だが、口では大学など何も教えてくれないつまらないところだと言っていた。ラスはついうっかりその言葉を信じたのである。彼は大学出の無教養な人間にいつも腹を立てていたので、その意見に同調した。

しかし、それは嘘だった。彼女はほんとうはインテリに憧れていた。そして心の中ではきちんと単位をとって卒業していく友人たちを羨んでいた。だから、彼女が恋人にした男も大学院の学生だった。ラスはそれ以来、大学の好きな人種に反撥を感ずるようになったのである。

一方アヤの夫はアヤが名門の女子大学の出身でないことを理由に、アヤになんか癖をつけるような男だった。アヤは高等学校しか出ていなかったが、文学少女で、かなり教養はあった。アヤの夫は日本でもっとも権威があるとされている東大を卒業した男で、出身校が東大であるから、自分は知的で、知識階級に属していると思いこんでいるような男だったが、若気の至りでアヤのような女と結婚してしまったのである。

しかしだんだん落ちついてくると、そんなことは初めからわかっていたことなのに、アヤが名家の生まれでも、名門校の出身でも、また金持でもなく、その上兄が米軍基地の通訳などやっていることを我慢のならないものに思い始め、理由もなくアヤに当り散らすようになった。

アヤは初めのうちこそ東大出の夫をあがめていたが、そのうち次第に夫は俗物にすぎないのではないかと疑問を持ち始め、遂にチヅを生んだとき、夫が病院の女医と性的な関係を持つようになって、そのことを誇らしげに言うようになると、きっぱりと別れる決心をしたのだった。夫はアヤと結婚して以来、女の出身階級と学歴というものに異常な関心を持ち始め、病院でも、美人の看護婦などには目もくれず、資産家の一人娘でおまけに知的であるという評判の高いコンタクトレンズをはめた女医に目をつけたのだった。

夫はアヤが本能的なカンでその女医を避けようとしたにもかかわらず、見えすいたつくりものの嫉妬を理由に、アヤを男の医者たちから遠ざけ、その女医の受持の患者になることをアヤに強要した。そして出産のため入院したアヤを毎日のように見舞いに来て、その女医と痴的な話を飽きることなく続け、アヤが乳腺炎を起して一月も病院にいて、やっと退院してみると、その女医のハンケチやスカーフが簞笥《たんす》の抽出《ひきだ》しにはいっていたのである。アヤの夫は女の衣裳に全く関心を持たないタチで、アヤが何年間も身につけている洋服でも、「それは、いつ買ったか」などと訊くことは珍しくなかったから、女医の忘れたハンケチやスカーフも、多分、夫は妻のアヤのものだと思いこみ、大急ぎで簞笥の抽出しにしまったのだろう。だから、アヤは自分の留守中に女医が彼女の簞笥の抽出しを勝手にあけたてしたということに関して疑いを持ち、腹を立てたわけではない。

夫は問いつめられると、四十を過ぎた女のように居直って、自分が知的な、あるいは痴的な女にいかに魅力のある男かということを強調し、こうなったのは半ば運命的なことであると言った。

「二人の女を並べて、よいほうを選ぶのはあたりまえだ」夫は至極明快に言った。――それは確かにそうだろう。つまりわたしたちの間には、あなたの再選択をさし控えさせるほどの共通の過去が不充分だったというわけね――アヤは心を落ちつけて、夫の明解さに見合うだけの明快な判断を下すしか、こういう場合自分を救う道はないのだと悟った。

子供を生んだばかりで気が立っている筈なのに、アヤはヒステリーを起す気分にもなれないほどしらじらとした気分で、自分が一緒に子供をつくった男の顔を眺め、翌日赤ん坊を連れて実家に帰ってしまった。アヤの両親や兄妹はアヤの夫がそのうち迎えに来るのではないかと心待ちしている様子だったが、そういうこともなくて、やがて一家がアヤの離婚を支持するようになった。

もちろん夫に異存がある筈はなく、彼はほとんどいそいそと離婚の書類をとりそろえ、それっきりになった。アヤが夫と結婚したとき、家族の者たちはかなり積極的に賛成したこともあって、みんなアヤの傷痕にふれないようにしていた。

だから、ラスがインテリの前夫に捨てられたというアヤを気に入ったと同じくらい、アヤはインテリでないラスを気に入った。ラスは軍隊で喧嘩をして殴り合いをしたのが原因で耳が遠かったし、その上、禿げていた。年はアヤより十五ばかり年上で、朝鮮戦争のときも一度とられて軍隊にはこりごりの筈だったのに、出て行った女房に腹を立てて、そのむしゃくしゃのあまり、外国の基地勤めを志願したのである。ズボンの前あたりでなんとなくぎこちなく帽子を両手で持つところや、やけに派手なチェックの背広に赤いネクタイをしめる趣味や、どことなくそぐわないすべての着こなし、あまり美的でない歩き方など、どうみてもさえない男だったが、アヤはラスがチヅを養女にしてアメリカに帰ろうと言ったとき、日本を捨てる決心をした。アヤの夫に対する恨みは日本に対する恨みにすりかえられた。アヤはその小さな黒い恨みの粒を胸の奥に抱きかかえて、そのまわりを長い年月をかけて真珠のように巻き育てようと思った。

マリヤ・アンドレエヴナの知的な趣味はアヤにとって、ずっと昔捨て去った薄汚れた縫いぐるみの玩具をみるようななつかしさだった。マリヤが、別れた夫は学術院会員だと言ったり、娘がオペラ歌手でまたさる有名なオーケストラと競演したピアノのソリストであると言ったりすると、オペラ歌手が同時にピアニストであったりすることはほとんどあり得ない、眉唾《まゆつば》の感じを与えるにもかかわらず、なにかうら哀しいわびしさとなつかしさを感ずるのである。彼女はずっと昔、自分が別れた夫のことを友人たちに話すとき、何の必要もないのに何げなしに、彼が東大出だと言ったりしたことをせつなく思い出すのだ。自分が立派な結婚をしたと思い、立派な学歴のある夫のために自分も必死の思いでいろんな教養を身につけようとしたこと、女子大学の通信教育を受けたりしたことを古い傷がしくしくと痛むように思い出すのである。

アヤはアメリカに渡って以来、娘のチヅにつとめて日本語を使わせないようにした。チヅをラスの養女にしたとき、リズというアメリカ名をつけ、チヅも自分ももう日本とは縁を切ったのだと思い、真剣に英語の勉強を始めた。つまりアヤは意識して、日本を無視してチヅを育てたのである。

アヤがラスと結婚して思惑違いだったことは、ラスがインテリでないにもかかわらず、ラスの周囲には奇妙なインテリたちが好奇心を持って集っているということだった。

ラスの職業はよろず修繕屋といったもので、ラジオ、ステレオ、テープレコーダー、テレビ、時計から、暖房器、電気洗濯機、冷蔵庫、おまけに耳がよく聞こえないのにピアノからエレクトーンまで直し、自動車やモーターボートのエンジンまで直した。丁度、名医と藪《やぶ》医者の腕の違いが歴然としたものであるように、ラスはこうした機械の故障の原因をみきわめる一流の腕を持っていたが、気が向かなければ、どんなに金になる修繕物もひき受けなかった。酒乱でない程度に酒飲みだったから、一緒に飲んでいて気に入ったことを言うような客だと、次の日から仕事をしたが、修繕代を請求する段になると、ずっと前に買った部品の値段や、自分の考案した発明に近い新しい部品の作製に要した時間の計算などを忘れてしまうことが多かった。

そして、そのことをずっとのちになってから思い出し、たまたまそのとき舞い込んだ客に法外な修繕費を吹っかけたりしたから、客の評価はまちまちだった。しかし、ともかくもどうしても直したいものがある者はラスの機嫌をとって彼に仕事を頼むしかなかったのである。

彼が所有している千トンばかりのお化け船に陳列したがらくたの蒐集品は、以前はごく少数の物好きな人たちの話題にのぼるものでしかなかったが、アヤがそのお化け船に坐って、コーヒーやクッキイなどを出し、茶代をとるようになってからは、みんながらくた博物館と呼んで町の名物のひとつになり、今では町の案内書にもその名がのっているくらいである。

アヤは昔、女優になろうと思ったことがあるほどの女だから（前夫と知り合ったのはさる演劇研究所で一緒だったからである）、芝居気があって、薄青い幽霊を想わせるキモノの裾を長くひきずって、どこやら幽霊めいた化粧をして、古い蓄音機でレコードをかけていた。若いヒッピイ風の客などはマリワナがないか、と訊いたりする。

前にも言ったが、異国情緒の中で人々が何やらわかるように感じてよい気分になるのは主として性的な霊感といったものであるから、日本女のアヤがこのお化け船に青い着物を着て坐っていれば、並べてあるがらくたまで何やら神秘めいて見えてくるというわけである。

ラスが長年の間に蒐集したがらくたというのは、何百年も昔の古いドアの取手から、古い鍵、塩胡椒のセット、スプーン、ナイフ、フォーク、種々様々なグラスの類いから、時間をもて余した物好きな人間がつくった魔法めいた玩具や飾りもの、たとえば、コカコーラの瓶の中に据えつけられた水車であるとか（その水車の木切れはどう考えても瓶の口よりも大きいのである）、マッチの棒でつくったヴァイオリン、古い銅貨を積みあげてつくった玩具の牢獄、非常に精巧な、しかも不気味な一つの眼にそれぞれ二つの瞳孔が不気味に動く人形などである。また、胴体は一つで頭と尻の部分が二つあり脚の六本（前脚が二本、後脚が四本）ある羊の胎児の剝製であるとか、同じようなあざらしの胎児の剝製、それから、ぎいっといやな音のする米《こめ》搗《つき》機か機織機みたいな拷問《ごうもん》機や性具まであった。東洋や西洋の古い鎧《よろい》、兜《かぶと》の類、男や女のありとあらゆる古靴、髪飾り、壊れた楽器、アイロン、鍋、などがあった。これらのがらくたの一部は、ラスが母方の伯父から受けついだものだった。その伯父は親族の者から気違いラリイといわれていて、甥のラスはその性質も受けついでいるというのが、親戚中の評価であった。

それらのがらくたはこのお化け船の中の空間を不思議な魅力のある秩序で埋めていて、いわば、船全体が一種の彫刻といった感じを与えるのだった。ところどころに吊るされた古い鉄製のランプがゆっくりとゆらめいている炎の脇でアヤはいつも本を読んでいた。彼女はその本に手造りの皮のカヴァーをしていて、本の表題を他人に見せないようにしていたが、彼女の読んでいる本は「魔術師の歴史」とか「魔女の呪文」などといったものである、と疑っている人々もいた。だが実際にはごくありふれたポルノグラフィめいた恋愛小説が多い。まあたまには薬草とか動物の本などもあった。

アヤは日本人（日本生まれ）であったから、町の人たちはアヤと話すときはなんとなく話題を日本のことに持って行ったり、また、あからさまに日本という異国に対する好奇心を示した質問をしたりするのだったが、アヤはそうした話をあっさりと聞き流すだけで、積極的に自分のほうから日本の話にのろうとは決してしなかった。ただ、にこにこと笑って聞いているだけである。たまには意図的に彼女の感情を刺戟《しげき》しようとして、日本のひどい悪口を言ったり、どうにもならない日本の貧しさをあげつらう者もいたが、そういうことでアヤをいきり立たせることは全く不可能だった。

「そうねえ、そうねえ、そういうこともありますわ」と言うきりなのである。

「日本人というのは卑屈で、トクになることならどんなことだってするんですねえ。日本人が集ったとき、ボスにペコペコするあのやり方は、ちょっと普通じゃありませんねえ」

「小さな国にぎっしりつまって、ひしめき合って暮している人種をみると、われわれ白人は恐怖を感ずるんですよ。人喰蟻《ひとくいあり》の塚に足をふみ入れたらどうなるだろうと思うんです。なんだって、人口問題をもっと真剣に考えないのかね。だいたい自国で養えないほどの人口をかかえて、それを食べさせるために、他人のものを狙っているって感じじゃないですか。日本だろうと中国だろうと、インドだろうと、何よりもまず、そのことを考えて貰いたいね」

「日本人の男は女に対して大した権力を持っているようなことを、世界の他の国の男たちに言っているけれど、あれはウソですね。ほんとうは日本じゃ女のほうがよっぽど強いんでしょう。日本の男と女の関係はまあ言えばプアーホワイトとブラックの関係だな」

「日本の夫は毎晩夜半まで家に帰らなくても、女房は平気なんだそうですね。一説によると、日本の男は家に居場所がないとか、また、女房のほうも必ずしも亭主が早く帰るのを希んでいないとか」

「日本ではほんとうのビジネスは時間外に始まるから、時間外に働くことが出世する方法で、勤務時間中は歯医者に行ったり、コーヒーを飲みに外出してもいいんですってね」

「日本の労働者は工場で酒を飲んで機械の運転をしているのを見つかってもクビにならないんだそうですね。つまりそういうのを保護する強力な組合があるんですね」

「日本では男の学生でもロジックのない学生運動を誇りにしているそうですね。ヤクザ趣味とか言って」

「日本のエロ雑誌はひどくきたないんだそうですね。あたりまえのことを大げさに書いてあるだけでも、よく売れるんですってね。きっと普通の性生活が異常につまらないのでしょうね」

彼らはそういうふうに次から次へと挑発するのだけれど、アヤは馬耳東風で、編物をしながら、「全く、全く、そういうこともあるんですねえ、同じ人間の社会ですから。きっと」と繰り返すばかりなのである。

「あなたはアメリカが好きなんですか」と訊くと、

「好きなところも嫌いなところもありますが、アメリカ人になる決心をしたのですから好きなところだけ見るようにしています」と言い、

「今でも日本を愛していますか」と言うと、

「全然愛していませんよ。丁度、捨てられた子が親を思い出すように日本を思い出しています。

まあ、親には親なりの仕様のない事情があったんだと思いますけれど」と答えた。

アヤはもちろんアメリカという国も少しも愛してはいなかったが、そこのところはただ町のひとには黙っているだけである。しかし、夫のラスには言った。「あたし、どんなことがあったってアメリカのために命を捨てたりしないわよ。あなたのためなら捨てるかもしれないけど」

「もちろん、もちろん、おれだっておんなじだ」ラスは喜んで言った。

「あなた、コミイをやっつけるためなら、命を捨てたってかまわないって、昔言っていたわ。どうかそんなことはやめてね。どういう理由だろうと、わたしはあなたがわたし以外の者のために命を投げ出したりするのは赦《ゆる》せないのよ。わたしはあなたに永久に保護されていたいのよ」

このとき、ラスは返事をしなかったが、彼が共産主義者を憎む感覚は、マリヤが黒人を憎み、アヤが東大出の男を嫌うと同じほどに、理屈通りに治癒《ちゆ》しない不治の病と思われる。

しかしアヤはアメリカの市民権をとるときはもちろん、アメリカのためには命をなげうつ覚悟があると誓った。彼女はそのとき、ちらと、日本がアメリカに亡《ほろ》ぼされるかもしれないときのことを想い描いてほくそ笑んだ。彼女の中では日本は広角レンズに不恰好に大写しにされた前夫の顔の後でゆらめいている、五色の雲のようなものであった。実際彼女は彼女を紙屑のように捨てた前夫に恨みを晴らすためなら、日本全土を犠牲にしたってかまわないとさえ思っていた。

彼女はたまに日本の男に出逢ったりすると、反射的に前夫の顔を思い浮かべ、顔をそむけてしまう。その上、彼らは彼女を戦争花嫁、という特殊の目でしか見ない。戦争花嫁という言葉の中に、日本の男たちは性的なだらしなさを感じとり、妙に密やかな思わせぶりなやり方で彼女に近づこうとする。彼らは彼女が当然日本をなつかしんでいるだろうと思い、そのことを餌にする。日本の食べものや民芸品の贈り物などをポケットの中にしのばせておくことで、彼女を手なずけることができると思いこんでいる。

どういう風の吹きまわしか、この小さな海辺の町を訪れる物好きな日本人もいたりする。町の案内書を読んでこのお化け船のタラップを上ってくる日本の男たちは、アヤを見ると日本語で喋りかけ、なにげなく彼女のからだに触ろうとしたりする。女に言い寄る男たちのやり方には臆面もなく思いつく限りのありとあらゆる言葉を並べ立て、女の関心を魅こうとする者と、初めから盗みとることだけを目的に、哀れなさもしい肉体的な接触だけを女の同意なしに行って、それでもまあ何もしないよりはトクだったと考える者がある。正々堂々と女の関心を魅こうと骨折る者のほうが、どんなにキザな方法であっても、後者よりは女に好かれる。丁度、けたたましくコケティッシュな笑い声を立てて男の気を魅こうとする女のほうが、批判的な眼つきで男をみながら、女の権利だけは忘れずに行使するような女よりはずっと男に好かれるようなものである。

アヤはそうした男の仕草から身をはずし、戦争花嫁である自分を日本の男が二重に侮辱しているのを感ずるのだった。そして彼が理由もなくポケットから日本のお土産と称するものをとり出して呉れたりすると、アヤはそれを素朴になつかしむ前に、ふん、という気分になるのだった。

アヤは日本の製品に興味を感ずることにすら抵抗があった。あらゆる、メイド・イン・ジャパンと明記された商品に、発電機からクリスマスツリーの飾りものにいたるまで、外国人に売りつけることを目的につくられたそれらの商品に、アヤは日本のさもしさと貧しさとあつかましい自己宣伝を、目の前の日本人の顔と重ね合わせてはっきりと見るのである。もちろん、日本の客たちが持ってくる贈り物の中には情緒を主にした日本の伝統の中から何げなく拾いあげた美しいものもあるのだが、アヤはそうしたものにふれるときは丁度麻薬にでも触れるような恐怖を感ずる。

それは彼女が思い出してはならない部分だった。彼女は日本の製品というだけでどんなに気に入ったものでも町の店から買おうとはしなかったし、日本の男というだけで、決して心を開こうとはしなかったのである。もちろん彼女は日本人と個人的な交際をすることを避けていた。

お化け船を訪れる日本の客は妙なところで日本の女に出遭った単純ななつかしさから、気紛れに彼女に小さな贈り物をさし出して、アヤの無視に近い視線に出くわし、それを差出したことを後悔し、いまいましく思うのだが、一度出したものをひっこめるわけにもいかなくて置いて行く。アヤはその男がタラップを降りる頃をみはからって、船の反対側から海の上にぽいとその贈り物を投げ捨てるのを愉しみにしていた。「小さな罪つくりの愉しみ」とアヤはその行為を心の中で名づけていた。

前夫を代表にすべての日本人のいやらしさをつくりあげた日本の社会を、アヤは簡単に日本的と名づけたのである。そうすることだけが、日本を捨ててこの国に渡って来て以来のアヤの生甲斐であり、情熱ですらあった。

もちろん、彼女はこうした心の中を言葉に出して表現することは決してなかったし、今まで挙げたような行為を人前でみせびらかして行うというようなこともなかった。しかし、この秘密の行為は、密室の中で行われれば行われるほど、魔女の呪文にも似た不気味さで、アヤの身心にしみこんでいった。

そんなアヤが突然、休暇で日本に帰ると言い出したのは、アメリカへ来て十年目、チヅが小学校の六年生になったときである。夫のラスが「一度日本へチヅを連れて帰って、あいつに見せてやったらどうだね」と言った言葉が、アヤの帰郷を決心させたのである。親友のマリヤはアヤの計画に反対だったが、結局アヤは実行に移した。

チヅには顔かたちを除けば日本人らしいところは全くなかった。日本語をひとこともしゃべれない二世といえども、日本人の血を持った人間には、親から語り伝えられた日本という国への妙な関心があるものだが、チヅの場合にはそれがなかった。チヅは十一歳になっていたが、日本に対する知識は皆無といってよいほどだし、自分が日本人の血を持っているということに対しては戸惑いに似た不安を持っているらしく思われた。子供心に母親のアヤがそのことに全く触れたがらないのを敏感に感じていた。食べものや日常の習慣でも、アヤの家に限って日本的な色彩は全くなく、たったひとつあるとすれば、それはアヤの着物ぐらいだった。この着物たるやどうみても現代日本の着物とは言えず、むしろ創造的なモダンバレーかアングラ劇の衣裳といったほうがよく、チヅは母親のこの妙な衣裳に日本を感じたことは一度もない。

彼女は娘のチヅに対して日本のことをこういうふうに言っていた。「日本という国があり、わたしもあんたも偶然その国で生まれたわけだけれど、日本だろうとアメリカだろうと別に大した違いはないのよ。もちろん日本人は白人に比べて顔が平べったいとか、チビだとか、髪の色や目の色などは違うけれど、どちらがいいというわけではないのね。偶然、ある民族が持っていた文化によって、好み、ということもあるし、そういう好みは、世界中の人間の数の比率、文化の比率などからもいろいろ左右されるものなのよ。

違っていることはともかくとして、日本はアメリカよりずっと貧しくて運の悪い国だから、人間も苦労が多くて、いやな性質があるということもあるのね。まあ、だから、特別の理由がない限り、アメリカに暮しているほうが楽かもしれないわよ。でももちろんアメリカは日本よりお金持だから、お金持にヘンな人が多いようにヘンな人も多いし、淋しいひとが沢山いて、そういうものがいずれいやになるかもしれないわ、リズも。そうなったら、もっとよさそうに見える国に行ったらよいでしょう。

お母さんは日本生まれだけれど、日本にあまりよくして貰えなかったから、あの国は好きではないわ。あんたも日本に行ってもあまり親切にしては貰えないのではないかと思う。あんたのお父さんは日本人だけれど、わたしたちのことは別に必要ではないと思っている男だし。もちろんあんたが大きくなって、日本人のお父さんと親しくしたいと思うなら、いっこうにかまわないけれど、今はお父さんにはほかの奥さんがいるし、ほかの子供もいるし、きっと、ラスお父さんのほうがましだと思うのよ。ラスお父さんは日本人のお父さんが捨てたあんたをほんとに自分の意志で養女にしたいと言ったわけだから」

　チヅは母の言葉からごく殺風景な感情しか読みとれず、そのことをいくらか不満に思っていたが、いずれにしても日本はチヅの中ではすぐ忘れてしまう問題だったので大したことではなかった。チヅの級友たちの両親はしょっちゅう離婚していて、そのことを周囲に秘密にすることは全くなかったし、その意味ではチヅは気が楽だった。アメリカの小学校の級友たちはこういうふうに話していた。

「パパが違う女のひとをママより好きになっちゃったから、ママはパパと離婚するの。ママに同情してくれる男のひとがいて、そのひとがわたしを養女にしてもいいというのよ。でもお兄さんを養子にするのはいやだって。男の子だから」

　まあ、こういったケースはチヅの場合にきわめて似ていたし、チヅは自分のような境遇がそれほど珍しいものではないと思っていた。

　アメリカ人の子供たちの話を聞いていると、ゆうべ一家で映画を観に行ったり、外で食事をしたりしていても、今夜は離婚話が持ちあがって、家中すっかり憂鬱になってしまうというようなことはよくあることだった。

チヅのクラスには三十人の子供たちがいたが、そのうち三分の一くらいは親が離婚したことのある子供だった。だから、血の上では純粋に日本人であるチヅを、母親の夫であるアメリカ人の男が育てているということに特別の関心を持つ者は全くいなかったのだ。

そういうわけでチヅは突然母のアヤが日本に行くと言い出したとき、いくらか面倒だと思ったくらいだった。アメリカ人の友人たちの話によると（実をいうとアメリカ人の友人たちのほうがチヅよりもずっとよく日本のことを知っていて、日本にどんな奇妙な習慣があるかとか、気味の悪い食べものを食べるかとかいうことをいやというほどきかされていたのである）、日本では家にはいる前に靴を脱がなければならない。何かいう度にお辞儀をしなければならない（ときには深々と、英国の女王の前に出たときのように。ときにはバッタのようにひっきりなしに）。食べものは肉が極端に少なく、味のないねばった糊のようなお米を大量に食べるから胃病に注意しなければならない。たこ、いか、うなぎ、など気味の悪い動物を食べ、頭がついたままの一匹の魚を皮もむかずに料理して、皿の上で二つの目がぎょろりとこちらを見ていると、全く食欲を失ってしまうこと。日本料理の中ではてんぷらとすき焼が比較的いいが、ひどく高価で、そうそうは食べられないこと。日本の物価は、殊に東京はアメリカより高く、住宅事情が話にならないくらいひどいため、日本人は恐ろしく貧しい家に住んで我慢しているが、衣類に関しては身分不相応に贅沢で、アメリカでいうならばスラムのような家に住んでいても、着ているものだけは立派で、どんな犠牲を払ってもひどく高価な衣裳を身につけることに日本の女は情熱的であること、などが、チヅがその友人たちから得た知識であった。そして、白人の友人はこうした趣味はアメリカの黒人たちにも共通にいえることで、彼等が分不相応に立派な車を持ったり、毛皮のコートを着こんだりする心理は日本人にそっくりだ、と言った。

こうした日本に関する説明は、少なくとも母のアヤにあてはめてはほとんど理解できないことだったが、チヅにしてみればなんとなくある種の屈辱を感ずる批評であった。しかしアメリカ人たちが日本に関してたったひとつ認めているよい点は、アメリカに比べて日本は安全な国であるということだった。黒人のような異人種がいないから、治安がよく、その点アメリカよりは幸運である、とのことだった。

さて、日本行きがきまるとアヤは、急にチヅと自分の身を飾る洋服つくりに熱中し始め、ひどく高価な生地を買い求めて、彼女一流の流行を無視した創作服をつくり始めた。毛皮やさまざまな種類の布地を裁ち合わせた思いきったデザインのものから、御伽噺の妖精か王女が着るような感じのものまで、アヤは自分にもチヅにもそれぞれ数着の洋服をつくり、コートはカシミアにミンクの襟のついたものを買い求めた。実際には日本の夏は不愉快に暑くて、そんなコート類は夏の間の短い滞在なら必要ではなかったが、チヅは日本のことを全く知らなかったし、北国に住んでいる感覚ではそのことを特別不審にも思わなかった。

とは言え日本行きのこうした準備はチヅには初めて見る母の虚栄といったものにも思え、友人たちの言った日本人評とも思い合わせて、いったい母の心の中にどんな計画がたてられているのか、不安を感ずるほどだった。

アヤが日本に行く前日、親友のマリヤはがらくた博物館にやって来て坐りこみ、自分も近々前夫のフランツに会いに行くことに決めたと言った。マリヤが飼っている四頭の犬は二週間以内ならという期限つきでラスが面倒をみてもよいと申し出たが、マリヤはラスが虫の居どころでライフルの引金をひくのではないかと疑って、獣医に預けることにした。実際ラスは例のマシマロ殺しのときは（マリヤの犬は大分前、アヤの飼っていた猫のマシマロを、マシマロがマリヤの毛糸の靴下をじゃれて破いた、という理由で、嚙み殺した）、マリヤが捨身になって犬たちの前に立ちはだからなければ、引金を引いていたに違いないのである。だから、マリヤは礼儀正しくラスの申し出を断り、どうも、このところ犬たちの健康に思わしくない点もあり、ラスに必要以上の面倒をかけることになったりしては困るからという理由で、獣医にあずけてしまったのである。もちろん獣医にあずけるにはそれなりの謝礼も要り、多少は高くつくだろうが、命の恩人である犬（マリヤは黒人の強盗に襲われたとき、犬に助けられたのである）を危険にさらすわけにはいかない、とマリヤは思った。

がらくた博物館のお化け船にはひたひたと波が寄せ、ふなばたから水の中を覗き込むと、丁度大潮で鮮やかな赤さの海のアネモネ（いそぎんちゃく）や、巨大な海の胡瓜（なまこ）や、海の菊といった雲丹などが海の底にしがみついているのが見えた。

このお化け船は前世紀の半ば頃つくられた漁船とも客船ともつかないもので、政府が沿岸ぞいの巡視船に使っていたらしいが、もうどうしようもないぼろ船になり、廃棄処分にするところを、捨値同然で、ある物好きな男が買いとった。最初のうちこそその男は動かしもしたらしいが、年中、マストやスクリューにも故障があり、やがてその老朽し果てた残骸を浅瀬にのりあげた恰好でつっかえ棒をして置いておくだけになってしまった。その男が死んだとき、家族の者は誰ひとりとしてこのお化け船に関心がなく、廃棄処分にするにしてもバカにならない金がかかるし、この船を舟着場につないでおくだけで年々税金を支払うのにいや気がさし、ラスが貰い受けたいと申し出たとき、大喜びで進呈してしまったのである。

ラスはその頃、アヤを日本から連れ帰ったばかりだったが、新居として海辺に、これまた幽霊屋敷といったほうがふさわしい、ななかまどと柳と榛《はん》の木にかこまれたぼろ家を買いとった。町のひとびとに犬屋敷と呼ばれているマリヤの家はこの家と隣り合わせにあって、敷地はラスの家にくらべるとずっと小さかったが、大きなあすなろうの木があり、裏庭の湿った苔地からラスの敷地との境いに小さな沢が流れ出ていて、そこに黄色い水芭蕉《みずばしょう》が群生していた。この二軒の家の前にははまなすの垣根が結ってあって、ちょっとみると二軒の家は一対の風変りな家屋のある一つの屋敷とも見えた。はまなすは一説によると昔、日本からもちこまれたものだそうだが、どういうわけかジャパニーズ・ローズとは呼ばれずに、ルシアン・ローズと呼ばれている。

マリヤの住んでいる犬屋敷は町のロシア教会のもので、地続きの山林も同じ教会の所有だったし、一方ラスのほうは、水芭蕉の咲く沢から海辺まで続いた榛の木の林を含めて水際までを所有していた。彼はがらくた博物館のお化け船を、その榛の木の林の先の丸い小石の敷きつめられた海岸に打ち寄せられた流木のからみ合った場所に繋ぎ、沢に沿って水際まで小径をつくって、博物館を訪れる客をみちびいた。

榛の木は、もともと氷河の後退したあとに、岩場であろうとどんな荒地であろうと、最初に群生する生命力の強い木で、どことなくほっそりした少女の群舞を想わせる可憐な趣きのある灌木の繁みをつくる。この榛の繁みが沢のいわば三角州といった平らな土地に、海の光が見えかくれするまばらな明るさで生えていた。このあたりを通る人びとにとって、榛の木と水芭蕉に囲まれたラスとマリヤの家はなんとなく心に残るロマンティックな雰囲気を持っていた。

アメリカ北西部の海沿いの小さな町には珍しい植民地時代のホールと柱のある家で、アヤは玄関の脇のホールにトマトや茄子や胡瓜や赤蕪《あかかぶ》の鉢などを並べておいた。ベゴニヤとかシクラメンとか蘭とか、もっと鉢植にふさわしい植物のほうがよいのではないかとほのめかす者もあったが、アヤは野菜のほうが自分の性に合っているといい、マリヤが来ると、二人で玄関先の階段に腰をおろして、鉢(というよりは木箱)のトマトや胡瓜の木からその赤や緑の実をもいで、丸ごと齧《かじ》るのを愉しみにしていた。

棒の森を挟んでがらくた博物館と反対がわにラスのよろず修繕屋の仕事場があり、いつも、二、三台のポンコツ車がガレージに置いてあった。よろず修繕業でラスの得る金はたかの知れたものだったが、手を加えた中古品の車やボートを売るほうはかなりよい商売になった。まあ、妻と娘に日本旅行をさせるくらいのゆとりはある暮しむきだった。

ラスは自分も一緒に行くとは言い出さなかった。彼は軍隊から帰って以来、めっきり旅行嫌いになり、たとえこの町が津波や地震で壊滅してしまうことがあっても、この町から出ていくくらいなら、喜んで海の底なり地の底に沈むだろうと宣言していた。しかし、ラスがこの町を愛しているわけでも、特別気に入っているわけでもないということは、彼の言動の端々からわかるので、アヤは夫の心をはかりかねて孤独になることもあった。

ところで、マリヤががらくた博物館のお化け船にいつになくゆっくり腰を落ちつけて話しこんだとき、アヤは啓示に似たはっとした喜びを感じたのである。

「ねえ、アヤ、あたしたちは結局、浮浪人なんですよ。追い立てをくった浮浪人なんです。流浪の民で、どこに行っても安住の地がないんです。だけどね、アヤ、あたしはゆうべ手記（マリヤは自分の生涯を手記に書き綴っていた）を書きながらさんざん考えたんですけれど、これはべつにあたしたちの罪じゃない。もしあたしたちに責任があるとすれば、あたしたちが普通の人間よりほんのちょっと感受性が豊かで、騙されることの少ない人間だというだけよ。よく考えてごらんなさい。あたしたちはどこにいても常に敵意に囲まれて暮さなければならない人間なのよ。それはつまり、こういうこと。大多数の人間たちが、仕方がない、こういうものだと諦めていることを、あたしたちは諦めないのね。これは不合理だ、と思うわけ。そこで周囲の諦めのいい人たちはあたしたちが傲慢だと思い、憎み始めるのよ。

　あたしは偶然ロシアに生まれ、あなたは偶然日本に生まれた、その後アメリカにやって来てそのまま住みつづけている。考えてみれば、あたしたちにはロシアや日本やアメリカを愛する義務なんかこれっぽっちもありゃしない。ロシアはあたしを保護してくれるどころか追い出したし、日本もあなたをまあ結局かまいつけなかったんでしょう。だって、あなた、ただの一度だって日本で、あなたが心の中で思っていることを大きな声で言い、それを感心して聞いてくれたりした人があったとでもいうの。あたしは直感で、あなたは日本の中で無視され続けて来た人だとわかるのよ。

　アメリカは、アメリカも偉大な社会だから、多分、あたしたちみたいな人間を必要とはしないでしょうね。害にならなければ、黙って勤勉に働いている限り、置いてくれるというだけのこと。だから、あたしたちは黙っています。満足しているわけじゃありませんけれどね。そういう意味ではラスだって同じよ。あのひとは〈どこへも行きたくない、死ぬまでこの町にいる〉などと言っているけれど、つまり、行き場がないからなのよ。彼もまた自分で創った他人とかかわりのない世界以外に行き場のない、精神的浮浪人です。あの人は立派な精神的亡命者だわ」

革命後のロシアから逃げ出したマリヤは雄弁に喋り、アヤを感動させた。

「アメリカの若い男の子たちが戦争に行って死にたくないのでどんどん国外に逃げ出すのをみると、あたしは嬉しくてぞくぞくし、手を叩いて乾杯したくなるのよ。はっはっは」マリヤは豪快に笑った。

「つまり、わたしたちは満足できない人種なのね」アヤはコーヒーを注ぎ足しながら相槌を打った。

「そうですとも、満足してしまったら終いよ、人間は。あたしたちは決して満足しない不平屋だったので――不当に扱われることに我慢のできない人種だったので、――社会はあたしたちを鬼子扱いにした。そして、ロシアにしても、日本にしてもあたしたちを〈お前さんたちはうちの子じゃない〉と言うわけよね。妙な話だと思うけれど、国家というのは気に入らない国民の存在を認めないのよ。実際にあたしたちのような子供を育てたのは、それぞれにその国のわけでしょう。それなのにその子供の存在を認めないふりをするのよ」マリヤはコーヒーをすすりながらずっと昔を思い出す眼つきをした。

マリヤは革命後のロシアから逃げ出して、満州や中国を流れ、その間、子守女をしたり、サーカスにいたり、牢屋にぶちこまれたりしながら男から男へと渡り歩き、遂に三度目の夫がアメリカに居ついたので、アメリカにやって来た。マリヤの生涯はかなりないかさまと、それにともなう屈辱と冒険に満ちたものだったらしい。

アヤは自分がマリヤほど数奇な運命を辿ったと考えてはいなかったが、生まれた国で不親切に扱われたという記憶では同質のものを感じていた。アヤもマリヤもそれぞれに、日本やロシアで栄光に輝く将来を約束されていたら、決して生まれた国を捨てたりはしなかった。彼女らは生まれた国の栄光に輝く人びとから不当に迫害されて、逃れたのである。彼女らは二人とも自分たちの不遇に正当な理由をみつけることができなかったから国を捨てたのである。

アヤは日本を捨てるためにラスと恋に陥るふりをした。というより日本人たちと異質のものを持っているラスに救いを求めたに過ぎない。ラスが気に入った女を赤ん坊と一緒にひきとろうと申し出るほどの余裕がある男だったというのが、アヤに日本を捨てる決心をさせた一番大きな理由ではあったけれど、アヤの心の底には他の日本の男を選ぶより、外国の男を選ぶことで、あまりよくして貰えそうにない日本を拒否しようという気持が強くあったことは確かである。

「おれはお前を見ているといらいらするんだ」結婚して間もなく夫の貴信《たかのぶ》はある日、突如としてアヤに当り散らした。「お前は低能だ。よくそうしてじっとしていられるよ。いいか、おれは下積の一生なんか真っ平だ。つつましい幸せなんかクソ喰えだ。おれはマトモな、ごくあたりまえの暮しをしたいと思っているけれどそれ以下の生活は御免だ。たとえば、お前の周囲の奴らのような。そのためにはこの国の野心に忠実であることが、一番よい方法だと思っている。おれはお前が、周囲の貧しさを軽蔑しないのがやりきれないんだ。ああいう貧しさから抜け出すことのできない奴らを見て、不愉快にならない神経がたまらないんだ。

おれにはお前がおれのことを俗物だと蔑んでいる心がよくわかるよ。上品ぶった、ゆとりのある暮しに憧れているおれを、お前はふふんとせせら嘲《わら》い、自分はもっと素朴な感覚をもっている、とでも自惚《うぬぼ》れているんだ。だけどおれは違う。おれはお前と違って、日常的な俗悪さの中にどっぷりつかって暮しているのに我慢のならない人間だ。

そうさ、おれは見栄っぱりさ。現実の自分に我慢がならないからだ。お前のようにとり乱しもせず、惨めったらしい現実をおしいただいて、それを満喫するなんてことには何の歓びも感じない人間なんだ」

彼らが結ばれたのは芝居の世界であり、そうした創られた想像力の中で、彼らは恋し合ったのである。現実の結婚生活が、彼らの夢みていたものとは似ても似つかぬものであったとき、アヤは女特有の適応力でひとまずその場に身を横たえることを知っていたが、貴信にはそんなことは耐えられないことだった。

アヤが現実の貧しさを忌み嫌わないことは、貴信にとっては救いどころか腹立たしいことであった。彼にとってはマトモな欲望のない人間は、想像力のない人間であった。アヤが上品な暮しに憧れないのは、上品な暮しを味わったことがないからであり、そういうものを美しいと思う感覚さえも持っていないからである。一緒に暮し始めてみると、彼はアヤの使う低俗な生活の塵にまみれた言葉をまず感覚的に受け入れることができなかったし、現在の惨めな暮しを全く恥じない無神経に腹を立てた。

貴信自身、決して金持の生まれでもなければ特別上層階級の雰囲気の中で育ったというわけでもなかったが、彼は常にそのことを恥じるほどの視野を持っていた。彼は戦後のひどい時期、斜陽階級といわれていたような家庭で少年期を過し、父は結局あまり出世もしなかったサラリーマンで、彼の母はごく若い頃はともかくとして、晩年は非常につましく、一日の食費をいくらというふうにきめて、それより十円でも余計にかかったときは、その分翌日の分からさしひくというようなやり方で、やっと子供たちをどうにか人並に教育した。彼の学費は全く両親の血をしぼるようにしてひねり出されたものだったのだ。

彼の両親は息子に立派な教育を授けさえすれば、かつて彼の祖父母たちが所有していて失った今よりはましな暮しをもう一度とり戻すことができるかもしれないと信じて歯を喰いしばって息子のためになけなしの金をはたいたのである。いや、もしかしたら、彼らはそれほどお人好しではなく、単に、息子を教育しなければ、自分たちは無限に沈んでいくという恐怖にかられて、最後の藁をもつかむつもりでそうしただけのことかもしれない。

それは実際藁にしかすぎなかった。財力に余裕のない大学卒業証書など濁流に漂う藁しべのようなものであった。身動き出来ないように組みこまれた管理社会の中で、企業はすべての社員を定年までどうにか飢えさせないで面倒をみてやる、という条件のもとに、人間たちをひとかけらのパン切れをかついでまわる蟻のようにこき使うだけなのである。貴信は就職して企業という蟻塚に出入りし、自分の一生がその蟻塚をひっきりなしに出入りする無数の蟻の中の一匹でしかないことを知って、恐怖にかられた。腐敗した蝶の屍体《したい》をとりかこんで群がる真っ黒な蟻の群。少しでも大きな肉片をひき千切ろうとして喘いでいる蟻。踏みつぶされる蟻。

企業としては蝶の屍体や、きりぎりすの屍体を見つけるのが先決問題である。けれど、獲物を見つけるには限りがある。ときに、砂糖の在りかをつきとめたりした者は褒賞ものだが、かりに砂糖の在りかをつきとめたにしたって、管理社会の中では職階制度の身分でしかものを言えないような仕組みになっている。

一方彼は両親の恨みがましい眼つきに出遭うと返済をせまられているわけのわからない負債を背負いこんでいる気分だった。だがいったいどういう方法があるというのだろう。彼がいかに企業に忠誠を誓ったところで、支払われる額は決っていたのだし、それは妻を養うのにも決して充分ではなかった。正直の話、結婚のためにアパートを借りる金を調達することさえ、彼にとってはせいいっぱいだったのである。

周囲を見まわして、結婚のための住居を整えるのに、親の資力をあてにできる者がいると、彼はなんとなく不愉快になった。多分、彼にできることはただひとつ、学歴をふりかざして経営内容のよい会社に就職し、更にその、実質のきわめて不確かな身分を餌に、それに釣られる資産家の娘とでも結婚することだったのだ。

彼の親たちは、彼がつまらない結婚をしてしまったとき、気の毒なくらいがっかりした。息子の輝かしい結婚こそ、彼らが目の黒いうちに確かめ得る、唯一の回収を約束する手形の筈だったから。彼らは息子がそういう娘と恋し合い、あるいは、古風な見合結婚でもよい、相手方から希まれて、結婚することを夢みていた。彼らは息子にそれだけの価値が充分あると思っていたし、持参金つきの嫁が、彼らの投資を払い戻してくれるのはあたりまえだと思っていた。彼らはそれだけの苦労をしたのだし、苦労なく育った娘が、未来を約束された息子をひょいとさらおうというのなら、それだけの支払いをするのは当然である。何しろ、こうしたことはどちらかひとつだけあってもどうしようもないものである。どちらかとは、つまり、ひとつは立派な学歴と能力、ひとつはすでにでき上っている社会的基盤と財力である。どんな古風な名声も財力も現在の能力なしにはやがておとろえるものだし、背景のない能力は他人の憎しみを買うだけである。

だが、アヤのほうにしてみれば、女だって自分を男に売る権利はある、と思っていた。とくべつのひけめがあるわけではないのだから、身ひとつで伴侶に、と乞われるのを恥じる必要がどこにあろう、と自分の魅力を信じたかった。しかしどうやらそんなことはシンデレラの夢にすぎなかった。考えてみれば、貴信は貧しい妻《めと》を保護するだけの王子さまほどの財力も権力もない男なのだから、結局、シンデレラを娶る権利などなかったということなのである。

そんなわけで、彼は恋愛病の熱がさめると、自分の犯した失策にすっかり憂鬱になった。それでもアヤが働いているうちはよかったが、妊娠したからだが目立ち始めて、勤めをやめ、一日家の中にじっと坐って彼の帰りを待ちわびているようになると、更に穀《ごく》つぶしを生み出す以外に何ひとつ生産能力もない醜い惨めな生き物に自分がつきまとわれているように感じ始めた。

アヤ自身はともかくとして、貴信はアヤの身内や周囲の人間たちをみるのもいやだった。彼らは野卑でもの欲しげで、金がないばかりか教養も知性もなく、あるとすれば善良な押しつけがましさだけで彼女のまわりをうろうろした。貴信が彼らより上品ぶった階級の出であるにもかかわらず、彼らにくらべて金も大して持っているわけではなく、また能力とてもそれほど目立って優れているというわけでもないということを彼らはたちまちにして見破り、それならば、自分たちと対等につき合うことで、世の中をたくましく渡る力を身につけたらよいだろうといった先輩面をして、彼にああしろこうしろとでも言いたげな口ぶりだった。貴信には彼らの言動の端々に、生活力のない知的階級に対する侮蔑がはっきりと読みとれた。だが貴信にとっては、彼らこそアヤを囮《おとり》に自分の這いあがる機会をもぎとった、不愉快な奴らだった。

（おれは、お前たちのところまで身を落とす気は毛頭ないんだ）彼はアヤをとり囲む人びとの群がりにそっぽをむいた。彼は特別女の財力が欲しいわけではなかったが、少なくとも家庭のことを放り出して自分勝手な生き方をしても罪を感じないでいられるほどの余裕のある暮しを妻や子供たちの囲《まわ》りに見たかった。それはもし、社会が自分に正当に支払いさえすれば、彼自身で解決できる問題であった。社会が彼の力を正当に評価し、彼が軽蔑しているアヤの一族たちをはるかにひきはなせるほどの暮しを支えるに足るものを支払ってくれさえすれば、彼はアヤだけをひっさらい、舞いあがることもできる。

だがもしそれが不可能だというのなら、彼はアヤを諦めるしかなかった。彼はアヤと一緒にアヤが満足している状態に自分を沈めるわけにはなんとしてもいかなかった。だから、もしアヤが感覚的に自分の出身階級を裏切ってでも貴信に惚れこんでいれば、彼らの間柄はなんとかなったのかもしれない。そのうち彼らはいやおうなしに、そう簡単にはふり払えない過去を共有することになり、いわゆる夫婦の絆といったものが出来あがってしまうということにもなっていただろうから。

悲劇的なことは彼らが二人とも盲目ではなく、相手を批判的に見る眼を持っていたということなのである。その上彼らには相手が幼年時代から持ちつづけた生活感覚を尊重する余裕も、なかった。それはお互いにいやらしい我慢のならないものとしか映らなかった。

「そうだわ。あのひとにとっては、あの頃のわたしをみるのは、あの妊娠した不恰好なわたしの姿を見るのは、あのひとの未来をぶちこわしてしまった、自分の愚かさを証明することだったのだわ。おなかの突き出たわたしを見るのは、むかむかする、吐気を催すほどのことだったんだわ」

アヤは、昔の思い出をぼんやり思い浮かべ、自分はたしかに、はじき出された、不必要な人間なのだと、マリヤの話に同調した。

「今じゃ、どんな人間だって、奴隷の子は奴隷の子、だとか、乞食の子は乞食の子だとかいう考え方には疑問を持っているのよ。もちろん、感覚はなんとなくぎこちないものがあるにしても、頭の中じゃあ、現代人はもっと理性的に考えています。

ところがどうお、国籍となると、頭の中でもまるでみんなわからず屋なのよ。ロシアに生まれればロシア人、日本に生まれれば日本人、アメリカに生まれればアメリカ人。あたしはどんな人間も成年に達してから自分の好きな国を選んでその国の市民になるべきだと考えています。国家が国民に義務を要求するなら、当然そうあってもいい筈じゃない？　その国に生まれたというだけでその国を愛さなければならない義務なんぞあるものですか。子供はろくでなしの親を捨てる権利があるし、国民はろくでなしの国を捨てる権利があると思っているわ。これは離婚なんかよりもっともっと根本的なことです。少なくとも結婚は現代では成年に達してから自分の意志できめることができるのだから、離婚するということは自分の過去の行為をある意味で否定するというわけでしょう。

だけど親や国は自分で選んだわけじゃない。生まれたときからそうなっていたんです。大きくなって、親や国を否定したからと言ってそれは自分を否定することにはならないわ。生まれた国に一生縛りつけられていなければならないとしたら、それは一種の奴隷じゃありませんか。あたしたちは自分の意志で、自分の選んだ国に、自分の能力を売りつけるべきなんです」マリヤは昂奮して叫んだ。

「でも、無能な人間はどうなのかしら。引き受けてくれる国がないんじゃないかと」アヤはおずおずと言った。

「無能な人間？　無能な人間は、――その国の生んだ無能な人間は、その国の責任ですよ。自分の子供が無能だからといってゴミ箱に捨てるわけにはいかないわ。細々とでも養ってやるしか仕方がないでしょうよ。その国の有能な人たちが少しずつ出し合ってでも。

まあ、親は本能的にバカな子でも無能な子でも可愛がるものらしいけれど、そうしたからといってそれを特別立派なことだと言うほどのこともないわね。本能なのだから。でも（マリヤは肩をそびやかした）国家というのは理性的だから、出来のよくない子供や、反逆する子供は放り出しちゃうのよ」

「ダメな子供を谷へ突き落としたり、育ちあがって自分の競争者になった子供は嚙み殺しちゃうライオンのようなものではないの？　国家は。だったらそれほど理性的ともいえないじゃない？　動物的だわ」アヤは言った。

「ふん。動物的な癖に理性的だというようなことを言うのが国家なのよ。出来のよくない子供や反逆する子供は自分が育てたんじゃないふりをするし、ろくに餌もやらずに放り出しておいて、一人で育ちあがった子供が国際的な喝采を受けたりすれば、急に自分が生んだようなことを言い出すのよ」

「でも、生まれた国が気に入らなくて、よその国へ行けば、どうにかそこで暮せるということがわたしはわかったの」

「まあ、あなたの場合はね。でもあたしの場合はそうはいかなかった。あなたより一世代早く生まれすぎたんだもの。どこへ行っても余計者扱いをされて。他人の子の面倒までみるわけにはいかない、ってわけ。

あなたの言うように、他人の国で自分をよそ者だと感じないで暮せるのだったら、それは素晴しい希望だわ。人は自由に国を選べるということだもの。歴史があたしにもっと早く国を選ばせてくれたら、あたしは自分の選んだ国をほんとに愛しただろうと思うわ。そしてその国の行く末を本気になって案じただろうと思うの。愛国的でない人間はどこの国にもふえています。それは人間に国を選ぶ自由を与えないからなのよ」

アヤはマリヤがどうして急にこんなことを言い出したのか、わかるような気がした。マリヤは自分の生まれた国に自由に帰れない身であり、また帰れない理由を自分自身に言いきかせているのであり、アヤが生まれた国、日本へ帰ることをいくらか疑っているのである。生まれた国に感傷的に執着する人間を嘲笑し、もし現代の世界で国を選ぶ自由がないならば、せめて流浪の身を誇るべきだと言っているのだった。

「マーシャ、わたしは、ただ復讐のために行くの」アヤは小さな声で、しかしきっぱりと言った。「あなたの言うことはわかっているつもりよ。だってわたしはあの時、はっきりと、あのひとの中に、日本の本心を見たんだもの。つまり、あのひとの日本にしがみつこうとする心が、そこで、生き長らえようとする心が、わたしと赤ん坊を要らないって宣言したんだもの」

「さあ、どうかしらねえ、それは。違う男も日本にはいるでしょうに」マリヤは急に年長者らしく、考えを保留した。

「もちろん、いるでしょうよ。でも、違う男は、あの国ではやっぱりわたしと同じようにはじき出されてしまう。はじき出されたとしても、ほかに行く場所がなければ、あの国に我慢しているしかない。そういう人たちを気の毒だと思うわ。でも、気の毒だと思う心の裏で、はじき出されてもじっと耐えている心を、わたしは憎んでいる。その我慢強い人たちの心が、あの国をああいうふうにしたんだという理由で」

「ラスだってはじき出されている。アメリカで」マリヤは不意にきっぱりと言った。「ラスがそのことに気づいているかいないかは別として」

「気づいていますよ。ちゃんと」アヤは激昂して叫んだ。

「どこに住むかは問題じゃない。それはどこだっていい。それはただ運命です。あなたは今、間違ったことを言ったわ。あなたは耐える心を憎むなどということは、できない筈よ。あなたはただ偶然アメリカ男と結婚して、日本を脱け出したけれど、ラスはアメリカを脱け出すことができない。だってあなたの言によれば、ラスは自分がはね出された者だと気づいているんでしょう。だとすれば、耐えている。耐える心を憎むことはできませんよ。重要なことは、耐えているのか、満足しているのか、ということ。憎まなければならないのは満足している心です。耐えている心ではなくて」

するとアヤはなぜか涙があふれてきた。

「ああ、そうだわ。わたしは満足できなかった。耐えられなかった。耐えている人びとをみるのに耐えられなかった。そして逃げ出しちゃったんです。

わたしは愛されなかった」

「国家に利益にならないような人間を、国家は決して愛しませんよ」マリヤは冷静に言った。

「でも、あなたは特別日本のやり方に反抗したわけじゃない。政府にたてつくとか。だけどあたしの母は貴族たちを国外に逃がす商売をしていたんだもの。それはまあ一種の反逆だったのよ」

「わたしはあの国のやり方に協力する人たちが好きじゃなかったの。というよりあの国が愛している人間から嫌われたの。いや、役立たずだったの。あの国にとって役に立つ人間にとって。だから、それは結局、わたしがあの国に捨てられたということになるんです。

わたしがどんなに日本を恋したって、日本はわたしなんかどうだっていいのよ。わたしは日本に捨てられたんだもの。相手にされなかったんだもの。あなたが言うように、世界的に有名な女優になるとか、あるいはまた犯罪史上に残るような犯罪を犯したりすれば話は別。日本はわたしについてくどくどとした言いわけをして、無理矢理にでもひきとろうとするか、勘当した子に責任はないとうそぶくかあたしを暗殺するか、まあそんなとこなのよ」

アヤは話しているうちに激して来た。それは彼女が十年間心の中で想いつづけて来た、生まれた国、日本に対する恨みつらみが一度に爆発した、といったものだった。

マリヤはテーブルに肘をついて静かに言った。「ああ、あたしをほんとうに愛してくれる国さえあれば――。あたしは大芸術家になっていたかもしれなかった」彼女が突然静かになるときは、常に次の爆発のさきがけである。アヤは眼にたまってくる涙を押えかねていると、マリヤはずっと昔、白いドライアイスの煙がもくもくと立ちこめる中で白い馬にカドリイルを踊らせた頃の若く美しいマリヤ・アンドレエヴナを思い浮かべ、魔女のように醜く変形した自分の顔を突然両手で覆《おお》ってアヤと一緒に泣き出した。

アヤは、白人種たちのかなり多数の者が、神経的に激し易い、コントロールの利かない病的な性格を持っているのを軽蔑していたが、いつの間にか自分もまたそういうふうになってしまっていることに気づき、おどろいた。しかし、今、こうしてマリヤと一緒に泣いていると、自分たちがこのように同質の心を持ち、不思議な共感で語り合えることに喜びを感じた。

「ねえ、マーシャ、泣かないで。きっとそうなのよ。これは多分、わたしたちだけではなく、現代の社会に生きている感受性の強い人間には共通して言えることなのだろうと思うわ。

わたしはただちょっと日本を見に行ってくるだけよ。ラスがリズを父親に会わせに連れていったらどうだ、と言ってくれるのよ。もちろん日本はわたしのような人間をひきとめたりはしないでしょうから、わたしはさっさと帰ってくるわよ。でもほんとう言ったらマーシャ、日本だって、ロシアだって、アメリカだって、ほんとうに感ずることの出来る人間はみんな自分の国を逃げ出してしまうのだわ」

「そうですとも、アヤ」マーシャは目を輝かして答えた。

「アメリカ人の中でもっとも魅力のある人間はアメリカを憎んでいる人間ですよ。むきになってアメリカの悪口を言いたて、こんな国は追い出されなくたって追ん出てやる、といきまき、世界の果のどこか貧しい国で飢え死にするような人間です。そうですとも。心の底から祖国アメリカは世界の偉大なる指導者だ、などと考えて幸福な生活を送っているアメリカ人は、頭の足りないアメリカ人のカスですよ。優秀なアメリカ人はみんなどこかへ雲がくれしてしまっているわ」

マリヤはいくらか落ちついて、すすりあげながら、アヤの差出したハンケチで涙を拭いた。

まあ、そんなわけで、アヤが日本を十年ぶりに訪れるのは実に複雑な心境だった。

貴信はめっきり白髪が多くなり、歯並びの悪いのが目立つようになっていた。また他の日本人と同じように姿勢も悪かった。アヤとチヅは貴信に連れられて、ひしめきあった街を、よろめきながら歩いた。

日本に来てまず第一に驚くことは、何とまあ沢山の人間がひしめき合っているのだろう、ということ。次に体格が悪く猫背だということ。ことに女の子は痩せこけて、発育不全という感じに近かった。東京に来てアヤは初めて店にはいったとき、見廻して、どうしてこの店は子供ばかり雇っておくのだろうといぶかった。十四、五のかぼそい少女たちが、のろくさと狭い店の中をぶつかり合いながら立ち歩き、言いつけられた興味のない仕事を仏頂面をしてやっているという感じだった。少女たちはみんな不親切で、おしなべて客に敵意を持っている、という感じだった。ところがふと店に置いてある鏡の中に映った自分の顔を見ると、そこには全く同じような、大人とも子供ともつかない発育不全の奇妙な女がいた。ただその女はどこか時代ばなれした雰囲気を持っていた。それがアヤであった。そしてもちろん店内の発育不全の十四、五にしか見えない少女たちは、実はみんな成年に達していて、成熟している筈の女なのだった。

「まるで仙女にめぐり合ったという感じだ」貴信は言った。

それはかつて十二年前、アヤを惑わせたムードのある、よりそうような感じを甦らせるものだったが、今、アヤはその言葉が、きざな、うらぶれた老いた蝶の翅《はね》のようにひるがえるのを耳元に聞いていた。女の耳元になんとなく唇を近づける感じで囁く貴信のやり方を、ほろ苦いしめった枯葉を嚙むようにアヤは唇の間でもてあそんだ。

「御迷惑かもしれないと思ったのですけれど、日本に来るようなことはもう滅多にないと思って。リズも大きくなりましたし。一度、みていただきたかったの」

アヤはしおらしく言い、日本語を全然解さない娘のチヅを見やった。

「きみの若いときにそっくりだ。リズと呼んでいるの――チヅは知っているんだろうか」貴信はさすがにてれていた。

「そりゃ知っています。べつにかくしていたわけじゃありませんから」

アヤが言うと貴信はときめいた眼で自分の娘を見た。チヅは日本では目立つコバルトブルーのケープに白いワンピースを着て、白いエナメルの靴をはいていた。アメリカではひどく小柄なのが、日本ではすんなりと伸びた、あかぬけしたのびやかさであった。チヅは曖昧な微笑をうかべて父の顔を見ていた。

貴信は気ばった店に二人を連れて行った。はいったときの店の者の感じから、商用などでよく使うらしいなじみのある家と思われた。古い料亭らしく、幾重にも折れた長い廊下を渡って奥まった部屋に通されると、チヅは物珍しげにあたりを見まわし、床柱《とこばしら》にさわってみたりした。そして床の間の上にお釈迦さまのように膝を組んで坐り、アヤがそれは日本の習慣に反する、と言うと、怪訝な顔をして畳の上にぎこちなく足をのばした。それからチヅはいくらかためらいがちに自分はまだ正式に父親に紹介されていない、と言った。こういうやりとりを母娘が英語でかわしていると、貴信は自分のほうから娘に手をさし出して、「随分大きくなった」と言った。彼はそれを日本語で言ったのでチヅは救いを求めるように母親を見たが、アヤが通訳すると、首をかしげて、「会えて、嬉しい」とだけ、きわめてそっけない調子で言い、それ以上何も言わなかった。チヅは父親の顔をまじまじとみつめ、ことに口元をじっとみているように思われたので、アヤはチヅが貴信の歯のきたないのを見ているのだと思った。

チヅが羽田の空港に降りたとき、最初に言ったのは「臭い」という言葉であり、東京の街で一日過して、夜寐るとき言った日本人観は「日本人って歯を磨かないから嫌い」という言葉だった。それ以外チヅは日本人に関して特別批評めいたことも言わなかったが、どうかした挙動の端々で、彼女がこの国をそれほど気に入っていないということがアヤにはわかった。

貴信は歯ならびが悪かったので、食べもののかすが間にたまって不潔な感じだった。若いときは自然の浄化作用が強くて、それほど気にならなかったものだろうが、もう四十に近くなった今ではそれが目立った。確かにチヅが言うように日本人には歯並びの悪い者が多く、また歯を清潔に保つということに彼らはほとんど関心を持っていないように思われた。アメリカ人は小さいときから歯に関しては神経質で、子供の歯並びを親も本人も気にして、歯列矯正にお金をかけるのは当然のことと思っているし、またそれだけに歯を大切にする。そういうアメリカ人たちの口元を見馴れていると、日本人の歯が穢いのにどうにも耐えられないというチヅの気分はアヤにもよくわかった。

アヤはかつて、自分がその男の口に自分の唇を合わせたことがあり、そして、子供まで一緒につくったことがあるということなどをぼんやりと思い出した。そして、反射的に自分自身の鏡に映った貧相なかおかたちをも想い浮かべながら、もの哀しい気分になっていた。それはきわめて東洋的な、うつろな無常の影が音もなく、すうっと自分の傍らにしのびよったという感じだった。彼女は三十をほんのわずか出たばかりであり、まだ決して人生の下り坂というわけではなかったが、そういうものがあるのだという想いが突然ちらりと頭の片隅をかすめ、その黒い影は足早に通り過ぎて行った。

貴信のほうは娘にそっけなくあしらわれて、ばつの悪そうな顔だったが、アヤがなんとなく沈んでいることとは反対に、彼は浮き浮きしていた。彼にとっては十一年前に捨てた女が、あまりみじめでない風体で、また特別の企みも持たずにふらりと立ち寄ってくれるということは、非常に気分のよいものだった。自分の娘は街を歩いていると、人目を魅くほど愛らしく、その母親は母親とは思えないほど若く見え、二人ともどこやら日本人離れした爽やかさがあるようにさえ思われた。十年以上も外国にいたんだ、二世めいたドライなところが少しぐらいあったってそれは仕方がないさ、彼は完全に自分を優位に置いた愉しさで二人を眺め、めいっている女の気をひき立たせてやりたいという気分だった。

「チヅを見ていると不思議な気がするが、あなたを見ていると年月というものが無くなった感じだ。——よく訪ねてくれましたね。昔のことは今更考えないほうがよいのじゃないかと思っています。そんなことを今更言っても仕方がない。あなただって、ぼくの言いわけを今更きいても仕方がないと思うでしょう。

幸せそうだし、安心しました。——ただ、チヅがひとことも日本語を喋れないのは悲しい。全然、教えなかったの」

アヤは貴信の顔をぼんやり見上げて、薄く笑った。そしてただ首を振った。

「なんと言うかな、つまり——日本とアメリカの関係は。一種の——運命的な力関係があって、——そういう物理的な力で、いやおうなしに、屈辱感と敵意みたいなものがこね合わされ——」貴信は前置きの調子で言った。それは昔から、すべて、自分の行為を合理化させるときに彼が用意周到にやる方法だったのをアヤは思い出した。

アヤは貴信が自分をなぜか日本のエリートだというふうに確信していて、その道をまっすぐにかけあがるためには最短距離をとらなければならない、と公言していたことも思い出した。そして、その彼の目的のために自分はふるい落とされ、彼が彼の当初の目標に向って着々と近づいているのだとしたら、彼の欲望は日本の欲望であり、拒否された自分を日本は無視しているのだと考えてもよいのではないかとアヤはあらためて思った。

貴信はよい仕立の洋服を着ていた。少しおなかが出かけていて、首の後に肉がつきかけていた。非常に自信のある、何でもわかっているものの言い方をした。彼はどういうつもりか昔の妻であるアヤに名刺をさし出した。それには日本でも花形の商事会社の部長代理という肩書がすってあるからか、会社の電話番号が記してあるからなのだろう。

「アメリカには仕事で何度か行きましたよ。そのたびにきみのことを思い出したが——。いや、今では世界はどこもかしこも同じようになったな。ファッションも食べものも、いらしている物の言い方までそっくりだ。しかし、アメリカはことにひどい。ひどいですよ。第一、あんなに危険な国はありゃしない。一人で街も歩けないような。それに、なんと言うかな。やっぱり感覚が違うんだな。あの国にはしっとりとしたものなつかしさがない。合理的で、——」

貴信が言いかけるのをアヤは受けついで附け加えた。

「粗野で、浅薄で、その上、白人種の残忍な冷酷さがあって、孤独で、魅力のない国でしょうね。日本人には」

アヤはそれをほとんど無表情にゆっくりと言い、自分の心の中を悟られないようにうつむいた。

「幸せじゃないの」貴信は言った。

「いいえ、そういう国かもしれませんけれど、それなりにやっているし、幸せなこともあります。そして、日本の姿も違ったふうに見えてきます。それに、どこにいても、私という女は私という女ですし、日本人であったときも、アメリカ人になってからも、特別変ったということもないんです。

今の夫は学問もない男ですけれど、そして粗野な田舎者ですけれど、よくしてくれますし、今ではお互いになじんでいます」

「そう、それはいい。安心しました。いや日本にだっていやなところは沢山ありますよ。まあ、それぞれにお国柄だから」貴信は快活に言った。「何しろぼくは無闇《むやみ》に仕事が忙しいんでね。来月は中国に行かなきゃならないし、もしかしたら、そのあとアフリカにも廻らなくちゃならないかもしれない」

貴信は自分の華やかな仕事ぶりをほのめかす口ぶりで語った。それはあらかじめ計算されている階段をそつなく登りつめていく者の述懐ともとれる語りくちだった。

アヤは自分がそうした階段からすでに蹴落とされた人間だということを、おだやかに認め、ひかれ者の小唄めいた日本批判をこの栄光に輝く道を歩んでいると信じている男に口に出して言う気にはなれなかったので、両親の話をぼんやり音だけ聞いている娘に英語で言った。「お父さんと何かお話ししないの」

するとチヅは肩をすくめて小さな声で言った。「だって、日本語、喋れないもの」

「英語で言ったってわかるわよ」アヤは言った。

チヅは父親に特別の関心を示さなかった。というより、会ったときから、それまではチヅなりに持っていたに違いない夢に似たものが急激に薄れていく感じがアヤには伝わって来て、ほっとした気分だった。子供心にも単に礼儀から、父親を含めて日本という国に無口であるしかないといったチヅの様子をアヤはありがたいものに思っていた。

アヤは貴信が娘に英語で何か言ってくれるかな、と心待ちしたが、貴信は何も言わなかった。こういう場合、英語を喋らないのは日本人の誇りというものなのだろうか、あるいはアヤがチヅに日本語を教えなかったことに対する面あてのようなものだろうかとも思い、アヤは貴信の反応を待った。

「ぼくはほんとうは会わす顔がないと思っている。そういうふうにあとで彼女に伝えて下さい。ただ、今はそんなことを話題にしても仕方がないと思っているから」貴信はアヤに言い、それからチヅに「大きくなった。これからもきみにはときどき会えるようなら、ほんとうに嬉しい」とだけ英語で言った。

アヤはやっと救われたような気がして、急にめがしらが熱くなってきた。

チヅは並べられた日本料理を好奇心にあふれた目でみつめ、父親の言葉をあっさり聞き流しただけで、オードーブルか何かでもつまむように二本の指でつまんで食べた。

アヤはもちろんチヅに箸の使い方も教えたことがなかったから、給仕の女にフォークを持って来てくれるように頼んだ。チヅは天ぷらや煮物などを少し食べたが、刺身や焼魚には全然手をつけなかった。

チヅはなるほど友だちの言ったとおり、魚の目がこっちを向いて睨《にら》んでいる、と思い、そった鮎の姿を眺めていた。アヤが日本料理について説明するとチヅは「とても、きれいよ」とだけ言った。貴信は自分の分の天ぷらもチヅのほうに押しやり、アヤに「何かチヅにほかのものでも頼もうか」と言ったが、アヤはそんな必要はない、それに、せっかく日本に来たのだからと断った。

貴信は酒を飲んで、アヤを見て、色っぽくない女だと思い始めていた。しかし、しばらくしてまた見ると、新たな好奇心が湧いたりもした。

「わたしたち、とても奇妙な暮しをしているんです。がらくた博物館というボロ船を持っていて、いろんなものを置いておくんです」アヤは言った。そしてチヅにお父さんに話してあげなさい、と言うと、チヅはいくらかアメリカの少女らしく社交的な調子でがらくた博物館の話をし始めた。

いくらボロ船でも千トンもの船を家の前の海辺に置いておく暮しというものに貴信は興を魅かれたらしく、熱心にその話に聞き入っていた。

「お父さんはボートでも自動車でもラジオでもテレビでも何でも直しちゃうのよ。あたし、彼はほんとに天才だと思う」チヅはラスのことをそう言った。

彼女は貴信のことをお父さんとは呼ばなかったが、ラスのことを何のためらいもなく、お父さんと言った。

「お父さんはいつでも機械をいじっていて、直すばかりではなくいろんなものを新しく組み立てるの。古い冷蔵庫だのボートだの自動車だのからとりはずしたモーターや、ファンやプロペラやベルトを使ってとても面白い奇妙な機械を作るの。噴水みたいな散水機とか。草刈機なんかも、売っているようなのではない、石ころをとりのけたり特別長い草を鋏《はさみ》でちょんと切ったりできるようなのよ。小さいブルドーザーもついていて、土を掘り起したりもできるし。もちろん散水機もついているし、それ一台あれば、どんな庭仕事もできる。雪上車とボートと自動車が一緒になったものもつくったわ。ほんとうは飛行機にもしたいのだけれど、それは危いからだめだって、お母さんが言ったの」

貴信は自分の娘が他の男をお父さん、お父さんと言うのを聞いて妙な圧迫を覚えた。

「日本のお父さんは（貴信は強調した）工場でつくる大きな機械を売る商売をしているのさ。

世界中のいろんな国に。アラビアン・ナイトに出てくるみたいな裾の長いふわふわした服を着て、ターバンを巻いている人のいる国とか、サリをひるがえしたきれいな女のひとたちのいる国。どういうわけか、今ではロック・ミュージックで気狂いみたいに長い髪をふり乱して踊りくるっている奴らのいるヨーロッパやアメリカなんかじゃ、みんなアラビアン・ナイトの国だの、インドだのの乞食の衣裳が流行《はや》っていてね。――金持の国の人間たちが、みんな乞食の真似をするんだね。決して王様や王女様の真似はしない」

「どんな大きな機械を売るの」

「ダムに据えつける発電機とか。パルプを煮る大きなお釜とか。それから、電車の車輛なんかも」

「そんな大きな機械なんかじゃなくて、田舎のおばあさんなんかが手で作った小間物を小さなトランクに詰めて、売り歩く商売だったらよかったのにね。だって、そんな自分で作ったのでもない機械を売っていたって、買う人たちは手を後に組んで、ふんふんとなんでもいいからいい加減な返事をして、威張っている大臣みたいな人でしょう。

蛇使いとか、市場のおばさんとか、そういう人と話をするひまなんて全然ありやしないんでしょ。

それに、機械というのはあまり大きくなりすぎると、つくっている人たちも、何をしているのかさっぱりわからないのだと思うな。ただ、どこかわからない一部分の鋲《びょう》をはめるだけとか、わけのわからないへんな形の鉄の板を一枚つくるだけとか、一日中、それだけしているんだもの。だから、そうやってできた機械を使う人も、また何にもわけがわからずに、どこか、ちょん、ちょんとボタンを一日朝から晩まで押しているだけで、その機械の中のことなんかなんにも知らないんでしょ。だから、そういう機械を売っているあなたはとても寂しいと思うけどな。お父さんのはそうじゃないのよ。自分でつくる機械なのだから、初めから終りまでのことが全部頭にはいっていて、一本の糸が全部つながっているのよ」

貴信はなんだかむしゃくしゃした。急にチヅが小癪《こしゃく》に障《さわ》るこまちゃくれた小鬼に見えたが、あくまで威厳を保っておおように言った。

「どういうわけでぼくが（彼は〈お父さんは〉と言うのをやめた）寂しいなんていうのかな。寂しいわけがないじゃない。日本の機械は優秀だし、みんなに賞められる。

それに、そんな小さなトランクにつめた小間物を売るような人は誰も信用してくれないよ。いくら日本人だって。日本の××社という名前がなければ、立派な商売はできない。それに、実際、何かが起れば、会社はちゃんと責任を持ってくれるし、まあ、だからこそ、そういう責任のある商売は、そう誰でもができるわけではない」

「ふうん」チヅはわかったようなわからないような返事をして、もうそれ以上は訊ねなかった。

「でもお父さんは」

「ふん、つまりきみのお父さんの自慢をしたいわけだ」貴信はからかうように言い、アヤの方にむき直って日本語で言った。

「大したもんですなあ。あなたの教育も。まあ、生みの親より育ての親、というから、仕方がない。確かにぼくは寂しいですよ。

寂しいと言えば、お宅はべつとして、アメリカは実に淋しい国ですよ。なんというかな、みんなそれぞれにばらばらで、よりどころがなく、お互いに求め合っている癖に、自分を決してゆずろうとしない。

いや、あなたはもうアメリカ人なのだから、あなたの国の悪口を言うのはよそう。いやちょっと、娘にやられたんでね、仕返ししたわけです」貴信はさすがにてれて笑った。

「能力主義というけどね、ほんとうの能力主義というのは寂しいもんだ。当然、誰かがはじき出されるからね。しがみついていることで、それなりの暖かさも生まれてくる。ふりおとされたら終いだという恐怖が、いつの間にかみんなを結びつけるんです。あなたからみれば、――日本の不合理きわまりないやり方が、かえってある暖かさを保っているんです」

あなたはあれほど合理主義的ではなかったか、とアヤは苦笑し、合理主義的に事を運べる人間だからこそ、自分の乗りこえた不合理に合理性を与えることもできるのだろうと言いたかったが、娘の反撥にあれほど大人げなくやり返した貴信に、本気になって言い返す気も起きず、貴信と同じくらい狡猾《こうかつ》に言った。

「ええ、ほんとうに、日本には原始共同体的な暖かさがあります。きっと、わたしは我慢が足らなかったのだろうと思っています。

我慢のない人間は、それなりの生き方をしなければなりませんから、いろいろと苦労もあります」

日本語の話が少し長くなるとアヤはチヅに気を遣った。二人の話が切れるとチヅは再び喋り出した。

「古いラジオだの、テープだの、プレーヤーだの百台もあって、音楽堂みたいな部屋もあるし。それから、さまざまな楽器もつくるのよ。こうもり傘みたいな笛とか、ヴァイオリンでもないマンドリンでもないピアノでもないたて琴とか。

お父さんには大統領だって州知事だって手紙をくれるのよ」

その手紙というのはこうである。×大統領がまだ上院議員の時代、その片田舎の町を訪れたとき、ラスのがらくた博物館になにげなく立ち寄り、その蒐集品のひとつである古い燭台にひどく心を魅かれて、ゆずってくれるように頼んだことがある。たまたまラスはいっぱい飲んでいて機嫌もよかったので、その燭台を「まあ、いちおうあんたに預けておく」ということでただでやってしまった。ところがその後、彼は大統領になってから、ラスの気に入らない政策を沢山とったので、ラスは一度やった燭台をとり戻す決心をした。

「あなたに預けた燭台の件につき、一筆したためます。あの品は特別の思い出もあり、またホワイト・ハウスには似つかわしくない品と思われるので、返していただきたい。わたしはあなたがホワイト・ハウスの住人になり、また現在のような政治的行為をする人ではないという前提のもとにあの燭台を預けたのであって、現在の状況のもとでは再び拙宅に陳列するほうが適当と思われます、云々」というような文面の手紙をしたためた。すると折返し、秘書から手紙が来て、「その燭台については遺憾ながら不幸な事件があって、郵送の途中で紛失したと思われる。ついてはニューヨークの有名な古物商からそれに代るアンティークの燭台を求め、あらためて私からお詫びのしるしのサインを刻み、送ることにしたから、受けとっていただきたい」という主旨だった。ラスはこの文面に少なからず疑いを持ったが、その話を聞いた飲み友だちが、大統領のサイン入りのものならぐずぐず言わずに受けとっておいたほうが、商業価値がある、とそそのかしたので、ラスはそれをしぶしぶ受けとることにした。その友人は燭台が紛失したことは嘘であるにしても、また選挙前で彼が些細なことにも気を遣っているにしても、少なくとも返事をよこしただけ、政治家として礼儀を心得ているととりなし、大統領のサインのある私信を蒐集品に加えて額に入れて壁に飾ることをすすめた。

「たとえ、あんたが大統領の税制を気に入らなくて腹を立てているにしたって、あんたの商売にこの手紙を利用できるなら、したほうがいいと思うよ」その友人は言った。

ニューヨークの古物商から送って来た燭台はラスに言わせれば、全然趣味のよくないがらくたで、彼の博物館ではかくしておくしかないものだったが、「まあよかろうさ。あいつの趣味を公表するためにに」とラスは言い、その手紙をルイ王朝のこわれた椅子の脚でつくった額ぶちに入れ、壁にかけた。事実、客の中にはそういう種類の手紙が大好きな者もいて、その手紙を読んで、ラスの集めたがらくたの中からつまらないものを選んで法外な値で買いこむ者もいた。

そうかといって、ラスはすべての政治家を憎んでいるわけではなかった。州知事は昔、妻が不誠実のため、ひどく苦しんだ男だということを聞いていて、そのことを常々同情していた。それもその男がまだ州知事になる前の話だが、彼が生まれた家にあった古家具を売り払ったとき、たまたま、地下室にあった錆ついた鍋がラスの手に渡ったことがあった。その鍋は州知事の祖母の愛用したものであったから、彼が州知事になったとき、ラスはもし彼に感傷的な執着があるなら、進呈し直してもよいと手紙を書いたところ、「そのお志はまことに有難いが、わが家のその種の記念品がそうした地方の博物館にあることもまた希ましいので、そのまま保管してもらったほうが、なおいっそう有意義ではあるまいか」といった返事が来た。

ラスはその手紙も大統領の手紙と並べて、壁に飾ったが、州知事の手紙のほうは鹿の角を面白く細工してつくった額ぶちに入れた。

チヅはそういう手紙のことを言ったのである。

貴信にはアヤの夫という男がいったいどういう種類の人間なのか想像もつかなかった。大方、発明狂の変人だろうくらいに思った。しかし、アヤの首にかけている古めかしいアレクサンドライトのペンダントが妖しく光ったり、大統領の手紙のことを聞いたりすると、もしかしたら、一財産持っている大物なのかもしれない、と持前の好奇心にかられて、アヤに新たな興味をそそられた。

「わたしはその奇妙な船の番人をしながら編物をしています。そういう妙な暮しをしていると、東京のようにめまぐるしく動いている街にびっくりしちゃいます」

「なぜだかむかし、ぼくたちが芝居をしている頃のことを思い出した」貴信は言った。

それは彼らが結婚する前の話である。アヤは高等学校を出たばかりで大学の事務をやっていたのだが、その芝居のサークルで女優として人気があり、貴信のほうはプロデュースのような仕事に口を出していた。貴信は本気で芝居をやるという気もなく、そのグループにいることは彼にとって、いわば気紛れな慰みといったものだった。彼は大学を卒業してしまうと間もなくその研究会には姿をあらわさなくなったが、女優の女たちにだけは関心を持っていて、そのことのためにだけ、このサークルに無理にかかわり合っているという具合だった。

青春の魔力に加えて、アヤの女優としてのムードにひき寄せられていた頃の貴信の好奇心にあふれた眼の光が再び、そこに甦っているのを、アヤは認め、口をつぐんだ。アヤは自分のからだが狡猾な猫のように妖しい媚態《びたい》で動き出すのをぼんやりと感じた。

「灯油のランプの下で一日編物をしていると、いろんなことを考えるの。胸の中の小さな砂粒が、真珠の粒になるように、年月は古い思い出を似ても似つかない美しいものに変えてしまうの」彼女は貴信の汚れた黄色い歯を見ないようにうつむいてしゃべった。

貴信はチヅを邪魔なものに思い始めていた。「帰る前に」彼は囁くように言った。「もう一度、二人きりで会いたい」

アヤは何も聞かなかったように、時計を見てチヅに笑いかけた。「よかったわね。お父さんにお会いできて。御免なさいね。お母さんたちばかり喋っていて。思いきっておめにかかってよかったと思う。主人がチヅをあなたに会わせるようにと言うものですから」

貴信ははっとしたように顔をあげた。

「それは、可愛がって育てました。わたしがあの人を選んだのは、ただチヅを育ててくれるといったからです。そういう男を日本人の中にみつけるのが、むずかしかったからです」

「つまり、これは、あなたの復讐なんだな」貴信は言った。

「そういうことは、言いわけしても仕方がないと思いますから、答えません。ただ、チヅにもあなたを見せておきたかったし。あなたにも見て貰いたかったの。いやなことは忘れようと思っています。

愉しかったことだけを思い出すようにしています。日本はやはり、なつかしいの。苦しんだにしても、そういうところにいたという記憶が。——そして、今も、そういうところにいる人に対する切なさみたいなものがあり——。

今ではわたしはアメリカ人でも日本人でもなく、それこそ、アラビアに行ったって、インドに行ったって同じように暮せるような気がしています。つい、少し前まで、わたしは日本を恨んでいて、つまり、あなたに代表される日本を恨んでいて、その恨みを晴らしたいような気分だったのですけれど、——なんだか急に、今まで真白に泡立っていた泡が消えていくみたいな感じ。

チヅには、何かあったら、力になってやって下さればと思います。日本のことを何も教えませんでしたけれど、それは、仕方がなかったの。自分で知りたいと思う日が来れば、それでよいし、そういう気持が全然起らないようなら、それはまたそれでよいのではないかと思う」

チヅはそわそわし始めていた。

「三人で京都かどこか旅でもできればと思うよ」貴信は最後にぽつりと言った。


貴信と別れて店の前でタクシーを拾うと、チヅは急にいきいきとして喋り始めた。

「ねえ、お母さん、あのひとお金持なのね。だってあのレストランとても高いのよ。あんなオードーブルみたいのばかり出して、三人で四万五千円だったのよ」

「どうしてわかったの」

「カウンターのところで見ていたの。でも――あのひと、キャッシュで払わなかったけれど」

貴信がそんなふるまいの出来る身分になったのか、あるいは随分無理をしたのか、いずれにしてもアヤはなぜかうら寂しい気分だった。それにしても一人前六十ドルもするような食事を供して商売が成り立つ国がアヤには何とも不思議だった。今の店に限らず、信じられないほど高い値段の商品が並んでいる店や、詐欺にかかったとしか思えない支払いを要求するレストランに出入りする人々がひしめいているこの大都会に、アヤは戸惑う思いだった。アヤの兄の収入はラスの五、六分の一ぐらいと思われたが、東京の物価はアヤの住んでいる町よりずっと高かった。アヤの兄はアメリカの標準から言えば、スラム並とは言え、自分の家を持っていたが、聞くところによれば東京の住居費はアヤの住んでいる町の標準からすれば三倍ぐらいと思われる。肉も三倍はする様子だし、衣料も高い。そういう高い生活費をその何分の一かの収入でやりくりするのだから、実質的には話にならない貧しさであった。辛うじて安いのは電気製品とかカメラぐらいのものであったが、人間はテレビやラジオやカメラを食べて生きるわけにはいかなかった。

しかし、東京には現実に、この途方もない要求をする料亭やその他さまざまな遊び場所に出入りしている人びとがいるのである。いったいこの国のからくりがどんなふうになっているのか、アヤには見当もつかなかった。多分、この不満でいらいらした表情のひしめき合っているこの過密な人口をかかえているからこそ、或る場所にお金が集まるという理論が成り立つのであろうということぐらいしかわからなかった。だからみんなあんな憂鬱な顔でつんけん他人に当り散らして働いているのだ、とアヤは妙な恐怖にかられて、デパートやレストランの女の子に必要以上におどおどしてしまう。

「長いこと日本にいなかったものですから——東京はすっかり変ってしまって——いったいどんなことになっているのか、さっぱりわからなくて——どうやってみんなが暮しているのか、それさえもつかめなくて——うろうろしているんです」アヤは英語しか喋らない娘をなんとなくタクシーの運転手に気がねして言った。

「お嬢さんは外国で生まれたんですか」運転手は言った。

「いえ、日本で生まれましたけれど、小さいときに外国へ連れて行きましたから、日本のことは何も知らないんです。でもわたしだって、迷子になってしまいそう。東京で生まれて東京に育ったのに――」

「日本はどうですか」

「あんまりものが高いんでびっくりしています。……そりゃ東京は見違えるくらい立派な街になって、世界中のものは何だってあるし――どんなに高くたって――そういうものをどしどし買えるお金持が沢山住んでいる国のように思えますが――わたしはそういう身分ではないものですから、おじけづいているんです」

「ああいうお店から出て来たお客さんが、そんなこと言うんじゃね。あんな店に自分の金で出入りできる者なんかいませんよ」

「自分のお金で出入りできないって？」

「日本では自分の金で遊ぶところは限られています。みんな社用族です」

アヤはふと、もしかしたら、貴信は、自腹でふるまってくれたわけでもないのかもしれないな、とちらと思ったりして、先刻感じたのとはまた別のわびしさで、苦しくなった。

「でも、社用で遊んだって――面白いのかしら」

「さあねえ、それがかえっていいんじゃないんですか。大勢の中から選ばれた者の限られた特権意識みたいなものがあって。自分の金で遊んだってつまらないという妙な人間をつくるのが、うまいんじゃないんですか、日本は」運転手はのんびりした、からかうような調子で言った。

「昔からそうでしたからね、日本は。立派な会社が後盾にあって、会社の金を使って飲み食いできるってことが嬉しいんでしょう。偉くなったってことだから。誰の金だか知らないが、お嬢さん面をしたホステスに高い金を払って、客の男が機嫌をとっているヘンな国ですよ」

「日本じゃ今でも、大部分の人が一生同じ会社に勤めるんでしょうか」

「まあねえ、大抵の人はそうじゃないですか。ごく若いうちならともかく、年をとってからそういつまでもふらふらしているわけにもいかない。まあ、いいとこに勤めている人ほどそうでしょう。わたしたちのようなのは——どっちに転んだって大した差はない。気楽なもんですよ」

何も持っていなければ思いきりもいい——アヤはラスに身を任せた自分のことを考え、放浪を続けて犬のように死ぬであろうマリヤのことを考えた。しがみつかなければならないものを持っていると、一度所有したものを失いたくないという、ただそれだけの理由で人はあがきつづける。アヤは十一年前、貴信と別れたときに、何かを所有しつづけようとすることに、突如としてむなしさを感じたのだった。その、形の無い、不確かな、貴信という男と、彼の持つ幻に似た欲望が、黒い煙をあげて自分のからだからひきはがされたときのことを、アヤはかすかな痛みをともなって思い出した。そして、燻《くすぶ》った煙が目にしみるのを拭いながら、いや自分にはもともと、所有しているものなどなにひとつありはしなかったのだと悟り、ひどく身軽に、急に羽が生えてからだがふわふわと宙に舞いあがるように思ったたときのことを、思い浮かべた。そして、今、ああいう料亭に出入りできる貴信は何かを所有しているのだろうか？

「わたしらのようなその日暮しの者には、それなりの気儘《きまま》さがあってね。わたしは戦争に敗けたとき、海軍中尉でした。それからいろんなことをやりました。かつぎ屋だの闇屋だの。まとまった金でもあれば、その頃まともな商売でもして、当っていれば、また違った考えにもなっていたでしょうが、金もなかったし運もなかった。食べるだけにせいいっぱいでね、そのうちだんだん世の中が落ちついてきて、ある会社の社長の運転手になって、二十年つとめました。社長といったって、みんな雇われ社長ですから二十年の間に三人変りました。そこでいろんなことを見聞きして、後の席に坐っている奴らの――社長一人のときもあるが、他に誰かを乗せるときもある――話をきいていてね、自分の昔の夢と重ねてみるとわびしい気分でしたよ。二十年世の中を傍観して、自分の若い頃の夢がいかにむなしくばかげたものだったかっていくらかわかりましたよ。いや、こいつはとどかない葡萄の房の下を通る狐の酸っぱい葡萄だからじゃない。帝国海軍だって××株式会社だっておんなじです。帝国海軍に、××株式会社に、忠誠を誓って、それとひきかえに、その威光をかさに着て、いやかさに着るんじゃない、しがみついて乞食みたいにはいつくばって――」

（でも、そうせずにはいられないほど、日本の暮しは貧しすぎるから――自分のお金では愉しむことなんか決してできないようになっているのだから——）と言いかけて、アヤは口をつぐんだ。自分が日本人であることを捨てることによって、その貧しさをいくらか逃れ得たことに、彼女は何となく後めたいものを感じていた。

嫂《あによめ》は彼女たち母娘に自分たちの家に滞在するようには決してすすめなかったが、たとえそうすすめられても、アヤはともかくとしてチヅはその貧しさに耐えられないだろう。アヤとチヅの里帰りを歓迎しない嫂の冷たさを、老いた母親は罵って、アヤに詫びたが、アヤは自分たちの心のうちを見すかされまいとして気を遣った。そして、兄の家族や母親が自分たちの生活の貧しさを当然のことのように思っていることが脅威ですらあった。それどころか、彼らは何かあると、「日本も随分立派になっただろう」と言うのである。立派とは、いったい何をさして言っているのだろう。自分たちの生活とは関係のない立派なビルディングや、自分たちの出入りできない高級料亭や、高級ホテルを指してでも言うのだろうか。それらの立派な建物と、贅沢な商品を買い入れる資金は、確かに、彼らが営々と働いてこの栄光ある祖国に捧げたものなのだから。もしそれを祖国という名で呼ぶことができるものなら。——そして彼ら自身は、特別要りもしない消費をさせられることによって、自分たちもまた豊かであるような錯覚を起している。

彼女は一度日本を離れることによって、自分が日本を高みからしか見おろせなくなっていることに気づいていた。日本の貧困は国土の貧しさによる絶対的な貧困というよりは、日本的社会の生む個人感覚のない、異常な集団の貧困である。それは外国人から見れば、理解不可能な、特異な習性を持って、群をなして右往左往する、一様に同じ顔を持った動物の群であり、人間らしい個性を判別できない不気味さでもある。この大都会の、異常な住宅事情——真面目に働く者の十年分の年収でも家族がどうやら気持よく暮せる一軒の家を購えない貧困。そして、その異常さの中で暮して、暴動も起さない柔和な国民性。彼らはすべての貧しさを、自分たちが運悪く、貧しい国に生まれたのだという運命論で片づけ、こま鼠のように働き、その勤勉さを誇っている。彼らはみんな国を愛していて、国はなかなかよくやっている、と判断し、ヤクザなケチをつけたり、ナラズ者のブツブツ屋にはなりたくないと考えている。少なくとも大多数の者は。

ずっと昔、貴信が、自分たちの貧しさに耐えられなかった気持を、アヤは今になって初めて、うら哀しく理解した。彼女はその頃自分の貧しさを当然のものとして考えていた。というより貧しさ以外の何も知らなかったのだ。幼年時代からのどんな記憶を辿っても、たしかに貴信の言う下層階級の感覚以外に何ものも持たず、貴信と結婚したことによって、そこからいく分なりとも逃れ得るかもしれないというわずかな希望を持ったにしても、現実の貴信との結婚によってもたらされた日本の大多数のサラリーマンたちのわびしい暮しに絶望するよりは、むしろそれを当然のつつましさとして受け入れていた。

「こんな暮しには耐えられない」貴信は新婚当時、三畳と四畳半の二間きりのアパートに帰って来て、頭の足りない犬のようにじっと坐って夫を待っているアヤを見ると、言ったものだ。あるとき、貴信は酒をのんで毒づいたことがある。「飢えずに、生きながらえることだけを保証されているサラリーマンの若い女房たちが自殺しないのが不思議だ」それはあたかも、アヤが自殺しないことを罵っているようにさえも受けとれた。

貴信は世の中にはもっとましな暮しがあるということを、アヤよりはいくらか知っていて、そのことの故にアヤよりも欲望が強く、アヤよりも現状の貧しさに我慢がならなかったのだ。彼は多分、親たちの代から、生活の不平、不満を聞かされつづけ、世の中に確かに存在する、同じ人間の誰かが確かに所有しているいくらかましな暮しを、どんな手段によってでも手に入れたかったのだ。

アヤはその頃の自分の坐ってじっとしているだけのような暮しを苦しく思い浮かべた。夜半まで帰ってこない夫を、ぼんやりと待ちながら、遂にはその状態に馴らされ、気がついたときは夫との間にすら言葉というものを失って——。朝起きると、新聞に挾まっている特売品の広告を見ることを日課にして——。彼女は屈辱のために胸が苦しくなった。

その頃、彼女はもちろん、人並に、多くの女たちが抱くような、男一般に対する恨みというものを漠然と持ってはいたが、そうした恨みがそれほど理性的なものでもないということにも気づいていた。たとえば昼食代すらも決して充分ではない若い夫が、妻の目をごまかしてサラリーやボーナスの小細工をしたり、意地きたなく社用の遊びを有難がったりしたとしても、妻はどうしてそれを責めることができるだろう。女が男に向って「あなたの稼ぎは少なすぎる」と責めることは、男が女に向って、「自立もできない癖しやがって」と言うと同じくらい絶望的な、意味のないことなのだから。それは、その人間の落度ではなく、単に機構の落度なのだ。「わたしが海軍の軍人になったのは、金も身分も無い生まれの者にとって、それが一番簡単な方法だったからです。世の中でのしあがれる——、権力らしいものを手に入れる——。努力だけで、——いやらしい努力だけで、そいつが可能に見えた。海軍はね、字の通り、海の軍隊だ。しかし、軍艦に乗って海へ出ている者は海軍じゃ、はね出されもんですよ。出世コースは本省で、その軍隊をあやつっている者です。戦争になればなおさらです。死ぬ危険の多い場所にまわされるのは、要領の悪い、劣等生ばかりでしたよ。そして、多分、そういう奴らはほんとうに忠良なる帝国海軍軍人だったんでしょうよ。

権力を握った奴らは権力を持てない頭の悪い奴らが右往左往して編成している危険な行為によってできあがっている怪物、つまり軍隊を、権力のしるしとして華やかにふりかざす。組織というのは、いつだって妙なカラクリで人間を催眠術にかけるんです。あらゆる場合に帝国海軍はすばらしいかくれ蓑《みの》だ。それがあれば案山子《かかし》だって猩々《しょうじょう》に見えるってわけです。——日本株式会社だって同じことです。

わたしは夢を見て海軍の軍人になった。しかし、気がついたとき、わたしは海軍という巨大な怪物の中にはまりこんでいる砂粒にすぎなかった。わたしという人間がたまたま海軍の軍人だったわけじゃなくて、海軍の中に、どういう拍子か、わたしという砂粒がいた、というだけのことなんです。

戦争も終りの頃です。そんなことを思うようになったのは――」

　貴信が手に入れたものは、貴信があんなにも欲しがっていたものは、いったい何なのだろう。タクシーの運転手が突如として雄弁に語り始めた身の上話をアヤはぼんやりと聞きながら思った。案山子が猩々に見えるかくれ蓑を着て、女を侍《はべ》らせ、酒をあおることなのだろうか。そして、そのことを恥じないために、彼に言わせればあたりまえの暮しにこと欠かない幸運な生まれの女に子を生ませて、家庭という名の場所をも人並に、持つことだったのだろうか。

「それで、その後個人タクシーを流すようになりましたが、わたしは、運ちゃんをやって、女房は麻雀屋をやっています。髪結いの亭主ってわけですがね、まあ帰れば手伝います。毎週一度は女房と二人でゴルフに行って温泉に寄る。社用じゃありません。いくらでもないが、稼いだ金は生きているうちにいっぱいいっぱいに使おうっていう方針なんです。娘はほんとの髪結いになっちまった。パーマ屋です。あいつも間もなく亭主を養うということになりそうですが、それもいいと思っています」

だからといって、みんなが麻雀屋を開き、髪結いになり、よろず修繕屋になるわけにもいかない。

「辛抱強い国民なんですねえ。われわれ日本人は――」運転手は呟いた。

「それがいいことか、悪いことか——」アヤは答えた。

考えてみれば、日本に生まれたことを動かしがたい事実として、変えることの不可能な状態として受けとめることは、賢いやり方でもなければ、美徳でもない。異国の在り方を異った系《いとすじ》のものとして考えなければならない時代は過ぎ去った。

「いやというほど辛抱した者が権力を握れば、権力を持たない者が辛抱するのはあたり前だと思うようになるだけです」運転手は言って、信号を待っていた。青に変ると、彼は気をとり直すように調子を変えた。「アメリカじゃあ失業者が大変なんだってねえ。まあ、日本じゃ、お蔭さまで、仕事がないということはない。食えないということはなくなりましたよ。ひと昔前の感覚からすれば」

その調子には、自国を他国とくらべ、必死になって自分をせいいっぱいよいと思って眺め、慰めている者の響きがあった。貧しい衣裳を着た娘が、鏡の前に立って、「まんざらでもないわ」と呟くように。

「とにかく、日本の経済の成長率は脅威なんでしょう。毛唐らにとっちゃあ——。しかし、なんだか、不安もありますねえ」

アメリカの不安は、すでに恐怖と孤独の中にあり、日本の不安は妙な楽観の中にある。

アヤはふと十年前、自分が日本を去る頃、恐ろしい貧しさの中の日本に、まだ展望があったのを思い出した。十年先とか、二十年先の。しかし、今はどうだろう。アメリカも、日本も、いや世界中の人々がぼんやりと地球が亡びるかもしれないと憂い、しかし心配して寐こんでいても仕方がないから、二、三年先だけのことを考えて暮しているように思える。

多分、自分を日本商社の代表のように思いこんでいる貴信だって、十年先のことなんか考えてはいないのだ。だから、十一歳の娘に、「そんなことをしていてもつまらない」と言われると、むかっ腹を立てたのだ。人はほんとうのことを言われると腹を立てる。

アヤはアメリカの、うろうろしている軍人たちと、黒人と、長髪の若者たちと、裸の女たちと、十年の間にやたらに拡張して、そして操業を止めて失業者を街にあふれさせた飛行機工場や、大都会のスラムの今にも自然発火を起しそうな危険な街角の陰気な表情などをぼんやりと思い浮かべ、コミイの嫌いなラスや、黒人の嫌いなマリヤを、まがりくねった糸の上に並べた。そして、そういうものをみて、もしかしたら日本人たちは、「ああ、あんなじゃなくてよかった」と思っているのかもしれないな、と思ったりした。だが、なんだか、それは違う。それは、もしかしたら、いや、多分、同じものなのに。

「こんなことを言うとなんだが――わたしは日本が戦争に敗けて、かえってよかったんじゃないかと思っています。少なくともわたしにとっては。なんだか、こう――長い間の狐憑《つ》きの状態から目が醒めたような気がするんです。何かに化かされていたんだ、とあの日はっと我にかえったわけです。自分の信じていたものが、いや、しがみついていたもの、といったほうがいいかもしれないが、――そいつが無残にくずれて――何か、こう、――いや、その、うまく言えませんが」

いつの間にか、ホテルの建物が見え始めていた。アヤは運転手の言うことを聞いているうちに、いくらか救われる気分にもなっていた。貴信に会っていたときにひろがっていた索漠とした想いが、こうした異った種類の日本人の男に出遭うことによって、ひとつの共通の不安や哀しみを分かち合えるような気がしたのである。

「世の中にはいろんなやり方があって、——いや、沢山のやり方があるのを選ぶというようなことじゃなくて、ひとつの価値がくずれて、変っていくということが、ひどく面白いものだということに気づいたんです。——わたしは、今ではそれなりに自分の暮しを愉しんでいます。——もちろん、ひどく心もとないけれど——その心もとないというようなことに気づいたというのは、多分、あのとき以来なんです……戦争に敗けた……」

アヤは降りるとき、運転手にチップをはずみたい気分だったが、そんなことは侮辱に思えてためらっているうちに、運転手は当然のことのようにお釣りを返して寄越《よこ》した。

それを受けとってアヤがぼんやりしていると、チヅは「おなかがすいた」と言った。チヅの顔にはただ長いこと退屈した色があるきりだった。

チヅは三きればかりの天ぷら以外はほとんど何も食べていなかったのである。アヤはホテルに入りかけたが、ホテルの食堂は高くてあきれ果てていたので、通りを見まわしていると、チヅはすばやくはす向いの街角にケンタッキイ・フライドチキンという看板をみつけて、それを食べたいと言った。アヤはスタンドのアメリカ人らしい客の間に挟まってチキンとコカコーラを注文した。アヤはただ黙ってチヅの食べるのをみていた。チヅの総ての仕草は全くアメリカ人だった。まわりにいる日本人たちはみんな安心した傲慢な顔つきをし、他人に全く興味を示さないように思われた。彼らは個人的な性格をひたかくしにかくし、しかも大船に乗った一等船客みたいな顔をしていた。そしてアヤは、それらの一等船客が帰っていく日本の家を想像し、心が苦しくなった。彼女はその顔の上に、銀座のバアで商用でたまに会うような女を、なじみのようなそぶりで親しげな口をきくことで自分を華やかなものに思いこんでいる貴信の顔を重ねた。もしかしたら、自分たち母娘は今もなおひび割れた壁の、天井の低いアパートでじっとうずくまって、テレビを見ながら、そしてときどき時計を見ながら、彼の帰りを待っていたかもしれないのだ。多くの自分と同じ年頃の日本の女房たちと同様に。

「お父さんと京都に行ってみたい？　お父さんはチヅを連れて行ってくれるそうよ。京都に。チヅは行きたければ行っていらっしゃい。お母さんはもうあのひとの奥さんではないけれど、チヅはあのひとの子供なのだから、あのひとがチヅにしてくれるものは、喜んでしてもらったほうがいいと思うのよ」アヤは貴信が三人でと言ったのは、チヅには言わなかった。

「京都には行きたくないわ。あのひととは。でも——」チヅは言い淀《よど》んだ。「もしかしたら、あのひとが、自分のおうちに、リズを招んでくれるんじゃないかと思っていたの。だって、パパとママが離婚して、いつもはママと一緒に暮している子供でも、アメリカのパパなら夏休みなんかに招んでくれるわ。あのひとがどんなふうに暮しているのか、興味があるの。あの人の奥さんや子供たちが、どんな人なのか」

「そういう習慣は日本にはないのよ」アヤは答えた。

「京都へはおばあちゃんと一緒に行きましょうよ。おばあちゃんは伯母ちゃんに好かれていなくて、可哀そうだから、あたしたちが京都に連れて行ってあげましょうよ。もしあの人があたしをあの人の奥さんや子供たちにかくれてこっそりどこかへ連れ出さなきゃならないのなら、リズはそんなところへ行きたくない。

ねえ、おばあちゃんはどうしておばちゃんと一緒に暮しているの。日本ではおばあさんはみんな死ぬまで子供と一緒に暮すの」

「一人では淋しいからよ」

「自分を嫌っている人と一緒にいれば、もっと淋しいのに」

「それはそうだけれど、ほかに方法がないのよ。誰だって自分のやり方に満足しているわけではないけれど、行き場所がなければ仕方がないのよ」アヤは言った。

「お母さんもおばあさんになるのね」チヅは言った。

「そうよ。リズもおばあさんになるのよ」

アヤは答えた。

「お父さんも、あのひともおじいさんになるのね」

「じきにそうなるのよ。あっという間のことよ」

「あたし、おばあさんになったら、毎日、旅をするわ。どこかで飛行機が落ちてくれることを夢みながら、よく落ちる飛行機会社のを選んで乗るのよ」

十一歳のチヅをこんなに育てたのは自分だろうか。チヅは容赦がなかった。

「あたし長く生きたくないわ。年をとっている人はみんなきたなくて、可哀そうなんですもの」

チヅがほんとうのことを言わなくなるのを願うべきだろうか、アヤは戸惑ってじっと娘の顔をみていた。

「お母さん、日本にしばらくいれば？　お母さんはやっぱり日本が好きみたいよ。あたしは先に独りで帰る。お母さん独りで自由に愉しめば。日本を。——あたしはアメリカのお父さんのところに先に帰る。でもきっと帰って来てね。でないと、お父さんが淋しがるから。あたしがお父さんと結婚したわけじゃないもの、ずっとお父さんと一緒にいるわけにはいかないわ。お父さんと結婚したのはお母さんなのよ」チヅは釘をさした。

だがアヤは、もうこのままチヅと一緒にアメリカへ帰るつもりになっていた。少なくとも秋口まで、日本にゆっくりするつもりで作ったコートや何枚かの気張った衣裳が無駄になったとしても、もうこれ以上この国にいることは無意味だとアヤは思い始めていた。

「あのひと、もしかしたら、お母さんを、まだすこし好きみたい。そして、お母さんはあのひとをほんとうはバカにしている癖に、気をつかっているのね。でも、あのひとに気を遣っているお母さんを、リズは好きなの」チヅはじっとアヤを見た。
これがアヤの十年ぶりの帰郷であった。

すぐりの島

I

その女は、ある日大勢の観光客と一緒にフェリイから降りて来た。鮮やかな翡翠色のコートにぴっちりとしたブーツをはき、豊かな黒髪を竜宮の乙姫のように高く結い、金の雫のイヤリングをしていた。東洋女である。この町の住人や、あるいは町に住んでいる誰かを訪ねて来た者たちは、埠頭まで迎えに来ていた車に乗って行ってしまい、ゆきずりの観光客たちだけが埠頭におりて、バスが来るまでがやがやと喋《しやべ》りながらあたりを見まわしていた。しかし、その女は連れもないらしく、独りでぼんやりとハイウェイに沿って波打っている火草の原を眺めていた。

気持のよい夏も終りに近い日の午《ひる》さがりで、爽やかな白さをさらしている榛の木の林がさやさやと葉を鳴らし、沢を覆う野いちごの繁みに甘酸っぱい匂いがたちこめていた。数種のすぐりやこけもの類である。

時間より随分遅れてバスがやって来た。バスが遅れたのは案内人が見つからなかったからである。町の観光バス会社は市が公営に近い、大して商売になるともいえないやり方で、町の二、三人の顔役たちにやらせていた。バスに乗っているのはカルロスだった。カルロス・セムプルンはこの町でたった一軒しかない印刷屋だったが、その観光バス会社の株をいくらか買わされた。彼は十年ばかり前にヨットに乗ってふらりとこの町にやって来て、そのまま居ついてしまった男だが、人あたりがよく、金もいくらか持っているらしかったが、嫉みを買うこともないくらいに、ごく地道にやっていた。中南米あたりによくある幾分混血の浅黒い肌に黒い髪で、もみあげや髭を当世風にのばし、女との噂が絶えない独身男だった。自分を道徳的だと思っている人々は、ことに男たちはカルロスをあまりよく言わなかったが、仕事は地道にやっていたし、町の有力者たちとの交際もうまかったし、――主として夫人連のお気に入りだったが、女との噂が絶えない癖に、有力者たちの息のかかった浮気女などには、機嫌はとっても一切手を出さなかったし、いわゆるかたい女たちを淑女として扱うことにかけては、すっきりといいきで、――まあ評判は悪くなかった。木材工場やパルプ工場があって、人の動きも幾分あり、地元の勢力は若い世代に置き去りにされた年配の層に多く、退職した年金生活者たちもかなりいるといったこの町は、特別の野心を持ちさえしなければ、つつましい暮しの外来者たちに対して、寛容だった。どっちみち、アメリカという国はせいぜい数世代前に、いろんな国のはみ出し者たちが寄り集って建てた国なのである。殊に西海岸のアメリカ人たちは大抵ごく新しい記憶の中に、外国人だったおじいさんやおばあさんの面影を持っていた。自分たちの創りあげた共同体に更に手を貸してくれる協力的外来者は大切にすべきだった。

カルロスは観光会社の株主になったお陰でときどき案内人にかり出された。バスはスクールバスを昼間使っていないときに借りる。案内人は普通、何人かの家庭の主婦たちに口をかけておいて、その中からその日都合のつく者を雇ったり、また時によってはぶらぶらしているドロップアウトの学生を雇ったりもするという、きわめてのんびりしたやり方だった。運が悪いとそういう常連の都合がみんな悪いこともあって、そんなときは急場しのぎに関係している者の誰かがやった。その日はカルロスが案内人を引き受けた。印刷所の実際の仕事は半日ぐらいなら、店の若い者たちに任せられたし、何となく町をぶらついて顔を売ったりするのも、カルロスの仕事のうちだったのだ。

フェリイはフィヨルドと称する北アメリカの西海岸線の深く入り組んだ入江と島の間を縫って行き来するもので、途中でいくつかの港に碇泊するが、この町もそうした港のひとつだった。

カルロスはバスからとびおりると、息せききった調子で、みんなをすっかり待たせてしまったことを詫びながら、見まわした途端に翡翠色のコートの東洋女に目をつけた。なぜならこんなわびしい町までやってくる観光客は年寄りばかりで、彼女のような年頃の女は珍しかったからである。知人がいるわけでもないこんな町へわざわざやって来るのは、あんまり長く生きすぎて、あんまりいろんなものを見すぎ、ますます退屈し、それでもなおもあきらめ悪くどこかに消え去ってしまった幻の故郷を求めてやってくる退屈した老人ぐらいである。

彼はバスが遅れたことに関してくどくどと詫を言い、その間中ずうっとその女を熱っぽい眼でみつめた。彼はラテン民族によくある、例の気が弱いというか、よく言えば美徳ともいえる特質で、どんな些細なことにも誠心誠意振舞わないと罪の意識を感じるのだった。彼は男が美しい女に魅かれたように振舞わないのはおそろしく非礼なことだと思っていた。というよりも目の前にいる女をそれなりに美しいと思わないのは男の無能を示す恥であるという哲学を持っていた。〈毎日を絶望せずに暮すためには、誰だって生活の信条というものを持たなくてはならない。おれは今、この女を見つめ、このささやかな幸福をせめてこの観光コースの間中追いつづけることで、つかの間の幸せを得ようというものだ。女というものは、つまり、クレオパトラだろうと、カルメンだろうと楊貴妃《ようきひ》だろうと、みんな男が幻の中で造りあげたものにすぎんのだ。おれは想像力の中で六十の女とだってハネムーンの気分に浸れる天賦《てんぷ》の才に恵まれた男なんだからな〉彼はちらりともう長年の女友だちであるマリヤの巨大な臀部《でんぶ》を思い浮かべ、胸が苦しくなったが、目の前の東洋女のほっそりとすべすべした腰つきの裏に無理矢理マリヤの影を追いやって、気をとり直した。〈まあせいぜい三十だ。いや、ことによったら四十ぐらいにはなっているかもしれん。東洋の女というのはやたらに若く見えるから、がっかりしないように、最悪の線を考えておいたほうがいい。おれはどんな時もがっかりせずに陽気にやりたい性分だからな〉

彼はその女を最前列の自分の席のそばに坐らせるため、すかさず彼女に手を貸し、後から乗りこんでくる客に背を向けて、彼女を窓のほうに押しやる姿勢をとったので、彼女はごく自然にそこに坐りこんでしまった。彼は何げないふうにその脇に腰かけ、窓の外に光っている黒真珠の河のような入江を指さし、「ほら、鮭がはねていますよ」と女に喋りかけた。その入江には、この季節に鮭がはねていない日など一日もなかった。

だが女は目を輝かして、入江をみつめ、「釣れるんでしょうか」と訊いた。「釣れますとも、よろしければ、御案内しますよ。あとで――。ぼくのいうのは個人的にです」彼は最後のほうは他の客に聞こえないように囁くように言った。

バスが動き出すと、カルロスはにこやかに朗々と喋り始めた。「こうした入江はフィヨルドと呼ばれる太古の氷河の名残りで、両岸は切り立った絶壁の深い河のような湾なのであります。無数に入り組んだフィヨルドは、一見峡谷のように見えますが、海水の入江であります。入江の奥に小さな沢が流れ出ていることはあっても、外海と接して大河の河口のようなデルタを持ちませんから、この入江自身を河と呼ぶことはできない特殊な海岸線というわけであります」

切りたった崖は暗い針葉樹の林で覆われ、ところどころに光る滝が落ちていた。

「今、この入江には鮭の大群が押し寄せておりますから、気をつけて御覧になれば、水面にとびあがって銀色の腹をひらめかせる様を御覧になれましょう。すでに川上の沢は鮭の屍骸《しがい》に覆われ、もつれあって、けたたましく啼《な》き立てる海猫と、鴉《からす》の群に喰い荒される産卵を終えて息絶えた鮭の腐肉の匂いに充ちております。折り重なる仲間の屍体、仲間の墓場の真っただ中で行われる蜜月の歓喜と産卵の苦悶、その情景は生まれ出ずるものの無心さを含めて、まさに生命そのものの凄惨な祭典なのであります。のちほどこのバスはその沢の地点で停車致します。

まず第一のストップは、この町の名所のひとつに数えられている〈がらくた博物館〉と称する幽霊船であります。およそ、世の権威の認める美術館、博物館が王侯貴族、権力者たちの夢の遺物を収めた墓場であるのに比して、この〈がらくた博物館〉はつつましく生きた庶民の吐息と祈りを秘めた納戸、ごく身近な、どこかでいつか確かに見たことのあるなつかしい、ひいおばあさんの化粧部屋の匂いといったものであります。おじいさんとおばあさんの大切にしていたがらくた、趣味のない息子と娘どもが、恋のいざこざの忙しさに、十把《ぱ》ひとからげに放り出した年寄りのがらくた、あっという間に色あせた恋に疲れて急に年老いた息子と娘が、ふと思い出したときはあとかたもなく消え去っていた、失われた品々が、そっくりそのまま並べられている博物館なのであります」カルロスは言いながら、翡翠色のコートの東洋女をじっと見た。どこかで確かに、ずっと昔、みつめたことのある眼。つまり、あのなつかしい女の眼。ひいおばあさん、おばあさん、おふくろ、いもうと、そして生まれる前に死んでしまった娘の眼。捕まえどころのない、執念深い女の眼。

〈がらくた博物館〉とはこの町のよろず修繕屋、ラスという奇人が、個人的蒐集品を千トンばかりのぼろ船に陳列したもので、何百年も昔の台所用品やら食器、髪飾りや化粧道具、馬具、甲冑《かっちゅう》の類、さまざまな楽器、衣裳、靴、帽子（それらを飾るばらや百合の造花はすべてひしゃげて虫が喰っている）、女の手さげだの男のタバコ入れ、耳かきから枕絵、性具に至るその他さまざまな大人の玩具。いろんな動物たちの性器の剝製、標本。子供の玩具——小さな水車や風車、お城に首吊り刑場、船や馬車、人形、人形の家具と家、——人形のベッド、鏡台、化粧簞笥に長持、こうもり傘、テラスのある小さな家、ブランコのある家、サイロのある農家の模型などがあった。

〈がらくた博物館〉にはラスの妻であるアヤという日本女が坐って、お茶にクッキイを出していた。大きな真鍮のサモワールから、アヤは友人のロシア女マリヤに教わったロシア茶を入れて、ロシア風なクッキイを出したり、またときには日本の緑茶に日本風な干菓子を出したりした。ごく普通のアメリカの駄菓子のこともある。入場料は一ドルである。

カルロスは観光客と一緒にこのお化け船の〈がらくた博物館〉に行き、客たちが陳列物をみている間、顔見知りのアヤとお茶を飲みながら世間話をした。アヤはカルロスがダウンタウンのギフトショップを任せているマリヤの親友だったし、会えばマリヤのことや、ギフトショップに新しく入れた商品の話などをするのである。その上今日は目をつけている東洋女がもしかして日本人であったりした場合は、アヤと喋っていれば何かのきっかけにもなろうというものだった。〈中国人だって、日本人だって、あるいはヴェトナム人やタイ人だってまあ親類のようなものだから、話は合うに違いないのさ〉

「とても美しいキモノです。あなたのように優美な人がこの町に住んでいらっしゃるだけでも、ぼくは生きていることが愉しくなりますよ。ある日、ひどく憂鬱になったときなんか、ぐっと気をとり直し、ああ、もう少し生きていようと思うためには、そういう愉しさが必要なんです」カルロスは言った。

古風な紅絹裏のついた袖丈の長い絣《かすり》のつむぎを着て、緑茶に落雁《らくがん》を客に出していたアヤは笑いながら答えた。「まあ、カルロス、あなたのように優しい言葉をかけて下さる男の方で世の中があふれていたら、世の中の女たちは少なくとも三倍は美しくなっていたでしょうね。世の中に愉しいことは少なくて、生きている慰めになるものはほんのちょっとしかないんですもの。ほんとにあなたのような方は貴重な方よ」

「ところで、あなたは日本にいく計画をしていらっしゃるんですってね」カルロスは言った。

「みんな何かを探しているんだな。どこかに置き忘れたものを必死になって探すが、そいつは決してみつからない。――それで――ときどき決心して、うっかりしたら見過してしまいそうなものを、眼を皿のようにして探し、拾いあげて、それをかてにかろうじて生きのびようとする――」

「――何となく拾いあげるのが億劫《おっくう》で、それっきりになってしまうほうがずっと多いんです。それでカルロス、あなたのおっしゃるように、ときには決心して、何かを確かめてみなくちゃならない。多分、がっかりするために、わたしはそこへ行くかもしれないんだけれど――」

カルロスはアヤの着ているキモノをばらりとときほぐしてみることを漠然と夢みた。「しかし、過去に戻る、などということはできませんよ。ほんの少しでも留守にすれば、そこには見知らぬ他人が坐っていて、――つまりあなたは居住権を失ってしまうわけです。無理にそこへ坐りこもうとすることは、まあ、アラブを追い出して国を建てようと考えるユダヤ人みたいなものだ。――いや、べつにぼくはユダヤ人という人種が嫌いなわけじゃない。あれは有能な人種です。もちろん、特別、エリートぶる必要はないと思うがね。何もユダヤ人でなくたって有能な人間はいるんだから。ともかく、ぼくは彼らを差別待遇することに関しては反対だし、ユダヤ人たちがそれぞれに住んでいる共同体でまともに扱って貰いたいというんなら、全く賛成ですよ。でも、とことこと、他人の国に出かけていって、坐りこむなどというのは断じて許せません。不法侵入、強盗の行為です。イスラエルが気に入っているんなら、もっとまともなやり方で、個人的にやることをどうして考えつかなかったのかね。個人的に出かけて行って、市民権をとるとか。長い歴史で権力に虐《しいた》げられつづけて来たことを、誇りに思っている民族が、何だって権力に頼ることを思いついたのかね。そいつがわからんのです。――去った国は去った国です。昔と同じように扱われるなどと考えないほうがいいですよ」

「わたしはべつに日本を捨てたわけじゃなくて、日本に捨てられただけなんです。でも、もちろん、日本に帰るんだって、わたしを不必要だと言っている日本に無理矢理坐りこもうとして行くわけでもないんです。ただ、旅人として行くんですから」

「ああ、それならいい。それならいいんですよ。旅人の魂、放浪する者の魂、これこそぼくが生涯持ちつづけようと思う高貴さだ。定着したいと思ったときは、ぼくが疲れてしまった証拠ですからね。人間が定着してしまうということは、失いたくない守るべきものを持ち、従って保守的になり、わからず屋になるということです。他者の眼で冷静にものを見つめる魂を失い、自分の握りしめたものにしがみつくということです。他人の国ではつつましくしていらっしゃい。人は誰でも他人の生き方を尊敬しなくちゃいけない。それにしても――あなたはここにこうして坐っている。実に、これは尊敬するに値する優美なことだ。全く」

そこへ翡翠のコートの女がやって来た。彼女はアヤのさし出す日本茶を飲み、落雁をつまみ、アヤをじっと見た。

二人の同人種らしく思える女はじっと見つめ合った。

「なつかしいお菓子です。子供の頃、日本に居たことがあるんです」しかしその女の英語にはなまりがなかった。アヤはこの町で日本人に会うと、いつも妙な抵抗を感じるので、その女が日本語で喋り出さなかったことにほっとした。

カルロスはその女の左手を見たが、結婚指環ははめていなかった。

「どちらからお出でです」カルロスは女に訊いた。彼は一人の女を口説くときは、自分が決して女に飢えている男ではないということを示すために、他の女たちにも心をこめて振舞い、そういう中で目あての女にはいっそうの際立った関心を示すことで相手の心をもっと魅きつけることができるのをよく知っていた。

「S市です」女は西海岸の大学のある町の名を言った。

「今晩この町にお泊りですか」

「ええ、フェリイに」

「どうして、町に宿をおとりにならないんです」

「町のホテルはいっぱいだってききましたから」

それから女はアヤに船に並べてある篳篥《ひちりき》のことを訊いた。

「どこで手にお入れになったんでしょう。あの篳篥を」

「さあ」アヤはその篳篥の由来については何も知らなかった。「私は知らないんです。私の夫が前から持っていたものですから」

「この人の御主人は非常に面白い人ですよ。天才です」カルロスは言った。「お会いになって本人に訊かれたらどうです」

「楽器に興味がありますの。それから、天才にも」女は言った。

カルロスは楽器には興味がなかったが、女にはいっそう興味をそそられ、いろんな質問をあびせかけた。音楽家なのかとか、日本人の血があるのかとか、どうしてこんな旅をしているのかとか、彼はまるで好奇心にかられた猫が獲物にじゃれるしつこさで聞きほじった。その女はカルロスが博物館の女主人であるアヤと親しい間柄であることを見てとり、いくらか気を許しはしたが、彼の矢継早《やつぎばや》な質問に対してはごくそっけなく、自分は日本にいたことはあるが、日本人ではない、と答えたきりであった。

カルロスは自分は臨時の案内人にすぎず、観光バス会社の経営者の一人であり、本業は印刷屋で、ギフトショップも経営している、と自己紹介した。彼は観光コースの中にマリヤにやらせているギフトショップの訪問ももちろん組んでいたので、そこで女にマリヤを紹介し、自分の身分をあきらかにした。

金の雫のイヤリングの女はマリヤが見せるいろんなものの中から羆《ひぐま》の爪を買った。乾いた肉の切れはしと小さな毛皮のひとふさがついている羆の鋭い爪である。

「ぬれている野いちごの繁みを踏みしだき、栗鼠を押さえつけ、産卵している鮭の背に突き立て、鹿のお腹の皮をひきさいたことのある爪ですよ。——むかし、確かに生きていた勇猛な動物の爪です。いい買物をなさいましたよ」マリヤは言いながら、羆の爪を包んだ。

「東洋では、生きているうちに、爪を切って形見に残す習慣があるけれど……」女は言った。

「生きものの記憶に魅かれるんです。むかし、確かに魂を持っていた生きものの形骸——」

するとマリヤはひどく真面目な顔をして、店の片隅から、大きな太い角のようなものをとり出した。灰褐色の三十センチばかりのやや彎曲《わんきょく》した角の根元の断面には芯の部分に無数の気泡のような穴が海綿質にあいていた。だがそれはどこか角とも違う。

「巨大なせいうちが、生きていた名残りです。ハレムをしたがえた雄のせいうちの。長い間、土の中に埋もれていたものを掘り出したんです」

カルロスはそれがせいうちの男根であることを知っていたので、じっと女の顔を見た。女は指の先でその表面を撫で、その切り口の気泡をみつめた。それは半分磨きこんである。なぜならこの地方では土着人たちの工芸を保護するために、細工品以外の生の材料を店で売ることは法律で禁じられているからである。羆の爪さえも小さな鎖をつけてマスコットとかキイホールダーにつける飾りなどにしてあった。磨きこんだせいうちの男根にあてた女の指は大層美ししなやかだったが、爪は短く切ってあり、マニキュアはほどこしてなかった。女はしばらく無表情な顔で考えていたが、それも買った。

マリヤはそれを無造作に紙に包み、その女から三十ドル受けとったが、カルロスは自分がそれに三十ドルという値をつけたことを思い出し、なぜか胸が苦しくなった。そして、彼はマリヤのくびれた顎と幾重にも深い皺のあるほとんど巨大といってもよい首をみつめ、マリヤがベッドの上で四つん這いになり、枕に押しつけた自分の髪をひきむしる様を浮かべて眼を伏せた。それはそのまま化石にしたい姿だった。それは赤い咽喉を見せて叫ぶ羆とせいうちに挾まれても、見劣りしないモニュメントとして神々《こうごう》しく輝くだろう。マリヤは太古の女神である。カルロスはここでこうしてガヤガヤと土産物を買いこんでいるすべての生きものたちを、やがて時というものが否応なしに包みこんでしまい、休まずに吹きつづける風と、雨と、寄せては返す波が、腐った肉体を洗い流してしまうことを考えた。

観光客たちの多くは、商業的な細工物を買いこんだ。勿忘草《わすれなぐさ》を描いたカップと台皿だのトーテムの彫りのあるスプーン、野山羊の角やせいうちの牙で造ったインクスタンド、黒曜石のイヤリング、この辺でとれるくすんだ翡翠のピンなどである。

観光コースの最後の地点である産卵後の鮭の死骸に覆われた沢の光景に女はひどく感動した様子だった。川底を敷きつめるほどにゆらめいている仲間の死体の間を縫って、なおも、腹を朱く染めた生きている鮭が、最後の力をふりしぼって尾ひれを動かしていた。雌雄《しゆう》の番いは連れそって流れの強い浅い川底を這うように上り、まず雌が腹で川底の砂利を掘って産卵すると、そのあとに雄が精液をふり注ぐ。一匹の鮭の産卵は一回では終らず、こうした作業を何回か繰返し、腹の卵がすっかりなくなると、萎えて息絶える。雌雄とも、ライヴァルが近よると、その腹に噛みつき、テリトリイを守る。普段はほのかな虹色に輝く鮭の腹は産卵期には緋鯉《ひごい》のように真赤になる。吐き気を催させるほどの屍肉の腐臭と、卵と精子の混ぜ合わされたむっとする匂いの中で沢は異様に朱く盛りあがって輝いていた。真っ直ぐに首をあげた海猫が、傲岸《ごうがん》に翼の附根をもたげ、傲慢な硬質の視線で観光客たちを見すえ、ゆっくりとまだ動いている鮭の背肉をひきむしっている。ときに魚が勢いよく跳躍すると、おどろいて舞いあがる。鴉の黒い羽が、汚れた雪を想わせる海猫たちの羽にふれ合って、双方はぎゃあと声を立てる。海の猫――、この屍肉を喰う鳥は、爪をむいた猫そっくりの声を立てる。

年老いた観光客たちの多くは顔をそむけるようにしてこの光景を眺め、中には吐気を催してハンケチで口を押さえて、バスの中でぐったりしている者もいた。翡翠のコートの女は沢のふちに立って放心したように見入っていた。

カルロスはその後姿を眺め、〈結婚指環ははめていないけれど、男と一緒に暮したことのない女じゃない。だが玄人《くろうと》というふうでもない。ごく普通のあっさりしたスーツだが、安物ではない。イヤリングの他には装身具らしいものはつけていないがハンドバッグも靴もよい趣味だ。のんびりとあてのない旅のできる余裕のある暮しの後家さんか、男友だちに不自由しない生活力のある女か――〉いろいろと思いめぐらしているうちに、彼はどうしてもその女と個人的な話がしたくなり、思いきってそばにいき、彼は女に〈がらくた博物館〉の主人のラスを紹介するから、夜、食事のあとでフェリイを訪ねてもよいかときりだした。ほんとうは食事に誘いたかったのだが、あまり事を急いで、はねつけられてもつまらないと思ったのである。

女はしばらくカルロスの目をみつめ、思案していたが、七時半頃食事のあとでフェリイに迎えに来てくれるならば、行ってもいいと答えた。

フェリイを訪ねるときのために名を訊くと、スウイェン・ウエルズだと言った。

スウイェン、スウイェンとカルロスは口の中で繰返したがどう綴るかわからなかった。

「ミス・ウエルズ?」とカルロスは確かめるために訊くと、女は、「ミセスです」とそっけなく答え、「亡くなった夫の名前ですから」と附け加えた。

カルロスは、そうらみろ、自分の想像は間違っていなかった、と思い、自分の身分もあきらかにする必要があると思ったので、訊かれないうちに、自分は結婚していない、というより自分は結婚というものに興味を持たない男だと説明した。これは彼が新しい女に近づくときに必ず前口上として述べる台詞《せりふ》だった。とかく女というものは、とんでもない思い違いをするものだから、念を押しておくに越したことはない。その代り、おれは女に対する讃辞をけちけちするような男じゃない。女をよい気分にさせることを物惜しみする男に限って、女からそっぽを向かれると、つまらない嘘をついて、自分を窮地に追い込むのだ。

「スウ、スウイェンというのはどこの国の——」

「中国の名です。——私は中国人じゃなくて朝鮮人ですけれど、母が中国人と結婚しましたから、ずっとそう呼ばれて育ったんです」

「なるほど。でもぼくにはあなたのおっしゃるように、そのやわらかなスウイェンのYでもないIでもない発音はうまくできないんです。アメリカの名のスウ・アンとか、そういうふうなものなのでしょうか」

「西洋の方はよくマーガレットは中国語だとどうなのか、キャサリンはどうなるとか訊くんですけれど、マーガレットがマルガレエテやマルグリットになったり、キャサリンがカテリーナやカトリーヌになったりするみたいな翻訳はできないんです。でも、素英《スウイエン》は、朝鮮語じゃ素英《ソヨン》っていうんです。だから、ソヨンでもかまいませんわ。でもわたしはもう長いことスウ、スウって呼ばれています。それから、ずうっと昔、日本で子供の頃は『すえ』って呼ばれていました」

「ぼくはカルロス・セムプルンです。しかし、ぼくは、なんとなくチャールスだの、シャルルとは呼ばれたくない感じだ。べつに国籍にこだわるつもりはありませんが、これは情緒的なものですからね。さっきのギフトショップにいたマーシャをメアリイなどと呼ぶ気にはなれないのと同じです。だからあなたもやっぱり断固としてスウイェンとかあるいはソヨンとか呼ばせるべきだと思いますね。スウなどとごまかさずに」

するとと女は薄い嘲笑《あざわら》うような笑いを浮かべて言った。

「ところが、私はそのどれにも執着していないんです。母は朝鮮人でしたが、ごく小さい頃は私を『すえ、すえ』って言っていましたし、その後ソヨンと言ったりスウイェンと言ったりしましたが間もなく死んでしまいました。継父はずうっとスウイェンと言っていましたが、亡くなった夫はソヨンとかスウイェンとか、すえ、とか、とにかくなんでも東洋風でありさえすればよかったんです。

今では大抵のアメリカの友人たちはスウ、スウって言っています」

彼は女の語調から、そのことに関してあまり立ち入った議論に入りこむのは考えものだと判じ、なるほどというふうにうなずいた。

とにかく彼は七時半きっかりにフェリイを訪ねた。彼女は食堂の窓辺のテーブルで独りでコーヒーを飲んでいた。長びいた夏の夕暮の光の中で、何のかざりけもない白いドレスを着たスウは波の上で羽を休めている水鳥のように見えた。胸元に銀の魚のピンをつけていたが、その銀の魚には小さなトルコ石の青い眼がはめられていた。

「波のむこうの御伽の国から飛んで来た白い鳥みたいだ。銀の魚を口にくわえて——よろしいでしょうか」彼は前の椅子をしゃくって、スウが返事をする前にすでに坐りこんでいた。「あなたに止まられる流木になれたらと思いますよ」

「そういうのはラテンの表現なんでしょうか」スウは笑いながら黒い髪にオリーヴの肌のカルロスに言った。

「ええ、おっしゃるように、ぼくにはラテンの血が強いんです。多分ずっと昔にはムーア人が。それからごく最近ではインディオの血が。母方のひいおばあさんがインディオの娘でした」

「よかったらあなたのお話を聞きたい気分ですわ。私は人の話を聞くのが大好きなんです。——それも、あまり関係のない人の話を聞くのが——そういうことって人生の愉しみのひとつですわ」スウはものやわらかな誘い出す調子で言った。女の眼はおだやかに深く、相手の心をすっぽりとつつむようななつかしさがあって、カルロスを吸い寄せた。

カルロスは突然何かを喋りたい気分に襲われた。

「——あなたは今日の午後、ぼくのギフトショップで買物をなさったとき、生きものの記憶というようなことをおっしゃったでしょう？　非常に不思議なんですが、生きものの記憶というのは、遠い遠い昔の、何代も何代もの祖先の記憶の集積なんですね。何かのはずみに、自分でも意識せずに、自分の中の何かが、遠い昔の祖先の誰かが確かに使用したに違いない不思議な力をひょいと適応させるんです。たとえば、非常に困ったときに、追いつめられたときに、平生は思ってもみないことを思いつくとか、やってのけるとか、——普通なら決して跳べない溝をとび越すとか、恐怖にかられると、恐ろしい力がでるとか。丁度、赤ん坊が一度も習った筈がないのに、母親の胎内からとび出した途端に乳房に吸いつくみたいに。赤ん坊ではなく大人だって、遠い昔の祖先が野の獣を追って生きていたことのある子孫なら、生まれて一度も狩猟で暮したことのない子孫でも、何か偶然の機会に獣が目の前をよぎると、動く獲物に本能的に跳びつきたい本能にかられる。あるいはそれと反対に、ある環境に適応力のない祖先を持っていると、たとえば黒人は太陽の少ない北国にはなんとなく住みたがらないとか、金髪に青い眼の白人はかっと照りつける太陽の下ではみるまに火ぶくれして、みるも無残に真赤に焼けただれた肌になるとか、紫外線の強い空の下では眼をあけていられないとかいうことなんです。千里眼とか超能力とかテレパシイとかいって、目には見えない何かをそれと言いあてて、人をびっくりさせたり、気味悪がらせる奴がいますけれど、そんなことだって太古の昔、闇の洞窟でこうもりのような暮し方をしていた祖先があって、そいつがこうもりみたいにレーダーに似た能力を持っていて、その能力を遺伝情報の中にちゃんと組みこんだまま何千年も眠らせたまま持ちつづけていた人間がいたとすれば、何かのはずみにそれを突然目醒めさせることもあり得ると考えれば、それほど非科学的なことでもない。

だからぼくが、羽を休める白い鳥のようなあなたを見た途端に、はっと流木に変身したいと考えたって、それはごく自然なんです。多分ぼくの血の中では、立派な客間で紹介されて他人と知り合わなければならないといった紳士淑女の礼儀の歴史などとるに足らないもので、原始的な求愛の作法が反射的に血に囁くんですね。ところで、あなたは、いったいどういう血をお持ちです」

「あなたのひいおばあさんはインディオの娘だっておっしゃいましたけれど、どうしてあなたはそれを附け足しのようにおっしゃるのかしら。母系の血はいっとう確実なのに」スウはカルロスの問には答えずに言った。

「つまり、そいつは大へん俗悪な思いこみで、征服者のスペイン人は自分の血の方が優秀だと思っていたからですよ。もっとも、ぼくの家じゃあそのことを、つまり土着人たちの征服者に対する人身御供《ひとみごくう》だったに違いないひいおばあさんのことを家系の血の中で特別秘密にはしていませんでしたよ。あなたのおっしゃるように母系ですから、子供を認めた以上はかくしようもないわけです。というより征服者にしてみれば、被征服者たちの憎しみほど恐ろしいものはなかった。だから利用したんです。それはまあ言えば政略結婚で土着人の有力者の——彼女は族を率いる首領の娘でしたから——血との結びつきで、征服者が被征服者を懐柔する目的に使われたんです。それに、圧制者たちはいつだって同族の女が被圧制者の男の子供を孕《はら》むとかっとするが——つまり強姦でもされたように感じるけれど——被圧制者の女を孕ますことは平気なんです。都合が悪ければ白を切るし、利用できるときは利用する。被征服者たちの憎しみの眼で殺されそうなときは、大急ぎで自分もまたあなたがたと同じ血を持っている、と声高らかに宣言できるもっとも有力な証拠ですよ、母系の血というのは」

スウはカルロスの話に熱心に聞き入っていて、そのことがカルロスをよい気分にした。彼は自分が長年他人に自分のことを喋ったことがないのに気づいた。

「ああ、いったいどういうわけだろう。ぼくはあなたに自分の説明をしている。これは全く不思議な直観みたいなものだ。ぼくはなぜだかあなたの眼をみていると、訊問台《じんもんだい》に立たされて決してかくしおおせない告白を強いられている被告人になったみたいな気分がする。妙なことだ。全く妙なことだ。ぼくは告白する義務なんかない。そうですとも、告白する義務なんかないのに。しかし、——男が告白できるのはやはり女だけです、そうですよ。女だけです。つまり、自分だけの言葉をかかえこんだまま孤独に生きることは不可能ですからね。どんな人間だって」

藤色の波の上にゆっくりと鷗《かもめ》が舞っていた。釣りのボートが何艘かトロールしている間を鮭がときどきはねていた。

「ねえ、行く前に一杯だけつきあって下さいよ」カルロスは言い、スウがいいとも悪いとも言わないのにすばやくウエイターに手をあげた。スウはためらったが結局カルロスはオールドファッションを、スウはギムレットを注文した。

一杯目のオールドファッションが残り少なくなったとき、突然カルロスは訊ねた。

「動物はお好きですか」

「ええ」スウはうなずいた。

「実は赤ん坊の鹿を飼っているんです」

「まあ」急にスウは眼を輝かせた。

「母親が撃たれたんですよ。ひどい奴だ、禁猟期なのに。ええ、鹿はしょっちゅう渡ってくるんです。島の渚から家の裏まで獣径《けものみち》ができているくらいです。朝起きて裏の山から渚へ出る径を歩くと、径の両側の花が——こけももやすぐりの花がみんな喰われているので、ああ、また鹿が来たなってわかるんですよ。

そいつは、海から、——ボートから狙い撃ちしたんだ。ボートだのヘリコプターから撃つことは、禁猟期でなくても法律で禁じられているんですよ。それなのに、——家の建っている個人の所有地の島に向って発砲する奴がいるなんて、全く、縛《しば》り首ものだと思いますがね。ところが、禁猟期でしょう、きっと他のボートか誰かの眼があって、さすがに撃った獲物を、ボートを他人の島につけてまでかつぎこむわけにはいかなかったんだな。

ぼくが或る日仕事から帰ってボートを島につけると、鳥たちがやかましく啼き立てているんですよ。島の裏の方で。それで、行ってみたんです。島の裏側の渚に。ボートの桟橋は表にしかつくっていないんです。すると、撃たれた母鹿を、海鷲《うみわし》や、海猫たちがむさぼり喰っていました。まだそんなに時間は経っていなかった。血が新しかったし……。そばの草叢《くさむら》で、仔鹿がおびえていたんです。渚近くでやられて、脚が半分波につかって海が赤く染まっていた。

ぼくは昼間いないでしょう、仕事があるから。その留守の間の出来ごとです。生まれてせいぜい四、五週間かそこらでしたよ。鹿はだいたい自分のテリトリイがきまっているけれど、ぼくの島の繁みでお産をしたとも考えられない、——ぼくの家のタンクに溜めてある水を盗まない限り、水がありませんからね、多分母親が背中にでも乗せて渡って来たんだろうと思いますよ。鹿は禁猟期をよく知っていて、その間は全然人間を恐れないんですよ、この辺りの鹿は。ハイウエイなんかにもしょっちゅうでてきます。人間を信用したばっかりに撃たれた——可哀そうに。

で、とにかく、孤児になっちゃった、その仔鹿は。わめき立てる海猫たちに怯《おび》えて、母親の死骸のそばにもいけないでいました。母親ははらわたを海鳥たちに突つかれ、うるんだ眼には翅虫《はむし》が群がっていました。まず、海鷲が鋭い爪と嘴で腹をひきさくんだな。すると、あとは海猫や鴉たちがじょじょにやるってわけです。ええ、海鷲は時によっちゃあ、生きている小さな鹿くらい襲いますからね。仔鹿がやられなかったのが幸いです」

「で、そのまま、飼っていらっしゃるの」

「ええ、ミルクをやっているんですよ、朝晩。もう二、三週間になるんですがね、すがるような眼つきでじっとみつめられ、馴れてくると手放すのが惜しくなった。毎日、家に帰るときは、まだいるかな、と思うようになった。この二、三日はボートの桟橋でじっと帰りを待ってたりするんですすよ」

「あなた、独りで住んでいらっしゃるの」

「ええ、独りで住んでるんです。――どうです、鹿を見にぼくの島にいらっしゃいませんか。今も待っているかもしれない――」

「ではわたくしなどにかまっていないで、お帰りにならなくちゃ」

「〈がらくた博物館〉の主を訪ねる代りに、仔鹿をお訪ねになりませんか?」

「――」

女は立ちあがろうとしなかったので、カルロスはもう一杯注文した。

「そいつは、ギムレットを飲むんです。あっという間にミルク瓶に一本飲んでしまいますよ」

「まあ、未成年にお酒をやるなんて」

女の二杯目のギムレットはあまり減らなかった。

「ねえ、鹿を見にいらっしゃいませんか。実は、ぼくは島を二つ、持っていましてね、それぞれの島に家があるんです。ひとつは三エーカーくらい、もうひとつは一エーカーくらいの小さな島です。大潮のときだけ二つの島の間を渡れるんですが、昨日から丁度そうだ。

一軒の家は空いたままになっているんです。よろしかったら、そこにお泊りになりませんか」

「鹿の赤ちゃんは見たいけれど、――泊るのはここに泊ります。それに、島に行くのはもう遅いでしょう」

「あなたはぼくを警戒していらっしゃるんですか? もちろんぼくはあなたに興味を持っていますとも。そのことがあなたを怖がらせるんですか」カルロスはからかうように言った。

「女は幾つになっても、自分を少女のように思いこみたがるんです」スウは答えた。「そのことを滑稽だと言うのね。多分、――もうそんな必要のない年頃だと言いたいのね」彼女は突然言葉の調子を変えて挑戦的に言った。

「あなたはぼくに奪われるのを用心しなければならないようなものを持っているの」カルロスはひるがえした。「ぼくは女の持っているものを奪って生きなければならないほど、逼迫はしていない」

「ああ」スウはカルロスをみつめてうなずいた。「では、重荷になりそうもない女だというのが気に入ったのね」

「その通り、その通りですとも。ぼくは気ままに生きている女にしか興味がないんです。頼るのも、頼られるのも、好きじゃない。ぼくは対等な友人としてあなたを招いている。そうですとも。対等でありたいは、女の専売特許だなどと思わないで下さい。誰だって自分の大切にしているものを相手に奪われるのは真っ平です。こいつはすべての人間の夢です――対等でありたいのは。自分からなげうったのか、あるいは無理矢理失わせられたのか――とにかくそういう関係は現代の人間たちの間には滅多に存在しない。そうですとも、男の夢だ――女を対等につき放すことができさえしたらというのは――。

そういうやり方があなたの気に入らないのなら――それまでです。べつに深追いする気はありませんよ。どうです、仔鹿を見にいらっしゃいますか?」カルロスは立ち上りかけた。

スウは海を見つめていた。彼女の片頬は夕陽のために藤色にみえた。べつの考えに捕われているように、彼女はじっとしていた。女の白い洋服の半身も藤色に染っていた。そしてそれはほとんど裸身に見えた。

「南アメリカから、北アメリカのこんなところまではるばる、あなたはどうしていらしたの。そしてよりにもよって、こんなわびしい小さな町にどうして落ちつくことにおなりになったの」女は再び幾分丁寧な口調をとり戻して言った。

「アメリカの大学に来ていたことがあるんですよ。父はインディオたちからとりあげた広大な土地をいかに近代的に管理するかをぼくにアメリカで勉強させようと思ったらしいけれど、ぼくは天文学だの海洋学だの航海術だのをさまざまかじって、船乗りになりました。初めのうちはおやじには貿易をやることにした、とごまかしていました。のちにいくらかはほんとに貿易だってやりましたよ。沖仲仕たちを扱う荷役会社みたいなものにも手を出していた父は、ぼくがさらに上手に盗む方法をアメリカで習って来さえすればよかった。南米じゃあ盗賊の師範格はアメリカだと思っていますから。祖父はメキシコでしこたま稼いでスペインに持って帰り、父はその後アルゼンチンでも商売をするようになり、中南米の国々を往ったり来たりしていました。

そのうちぼくは自分で小さな船をつくって、それに乗って南北アメリカの西海岸沿いに港から港をうろつく浮浪人になったというわけです。その間にぼくが学んだことは、金持になるためには合法的に盗むしかないということと、男には決して愛されないということです。あたりまえだ、ぼく自身がどんなに努力しても男は好きになれない。男と向い合うと盗まれないように気をつけることしか考えない。と同時に、そんなことには気がつきもしないふりをしなければならない。みんな憎み合っている癖に、みんな愛し合っているふりをして、辛うじてお互いに詐取《さしゆ》し合って、生きのびている。ひどく疲れる作業だけれど、ぼくの祖先たちはずうっとそういうふうにして生きのびて来たらしいんだ。

海をみつめながら、幾日も幾日も考えた。どうやったら同胞が愛せるだろうかと。果しなくうねる波と、波にとけ合う空だけを眺めているときは、そんなこともそれほど難しいことでもないと思えるけれど、港について他人に会うと、途端にそれは絶対不可能だと絶望した。絶対に不可能だ。少なくとも雄同士は。もちろんぼくは同性たちとごく普通にやっている。でもそれは、常に用心しながら、後からばっさり袈裟がけにやられるのを覚悟の上で、それでもなお、いたでに出て、相手の協力を懇願しなければならない屈辱にまみれた文明生活と称する共同体で、欺瞞と言いわけに満ちた暮しをしている。

最小限度にしか彼らとかかわり合いを持ちたくない。深入りすれば、がっかりするだけだ。友人などと呼び合っている間柄でさえ、うまくいっているように見えるのは、ほんの束の間、お互いに気づかぬふりをして、騙しあっているだけです。同じ極が、同性同士が永遠に愛し合うなどということは生物学的に不可能です。殺し合い、どちらかが倒されるということが生存そのものなんです。

だんだん厭世的になった。——残るのは女だけです。女だって——つまり女が純粋に女でだけであることは少ないから、——女が女であるほど男がつきものですからね、——あてにはならないが、——男よりはましです。まあ、それも、多分、ほんの束の間、思いこんだ幻にすぎないかもしれないけれど、それでも、少なくとも、救ってくれます。ほとんど宗教的な——十字架です。盗んだり、盗まれたりすることを、ほんの一瞬考えなくてもすみますからね。

そんなふうにして、航海をつづけていた。あるとき、嵐に会ったんです。一週間も——。嵐がおさまったとき、この町のロシア教会の丸屋根が見えたんです。丸屋根のてっぺんの十字架に鷗が一羽止っていましてね、その白い胸の半分が、丁度、今のあなたのように藤色の夕陽に染っていました。きっとその鷗のせいですよ、この町にあがる気になったのは」

スウは立ち上ってなんとなく二人は甲板の方へ出て行った。

白夜に近い北の国の宵で、蒼ざめた光の中に町の灯が力なくともり始めていた。「わびしい町——ええ、置き去りにされたようなわびしい町です。でもお陰で、あの、他人に食べられるためにだけ生きている人々の巣、スラムをかかえるほどの余裕もない。追いつめた——自分たちがです——奴らにじわじわと、遠巻きにされて、みすえられる恐怖を、こういう町は忘れさせてくれます。この町は、欲望を失った、消極的な利己主義者の溜り場なんです」

「時効を待っている盗賊の心理ね」

「多分ね、――盗賊の気の弱い子孫です。飢えた奴らに、枯木のようなてのひらをさし出される都会の暮しに――疲れた」
「そうだ。丸屋根の下の鐘撞堂《かねつきどう》のてすりにも鷗がいました」てすりにもたれたとき、二人の肘が触れ合った。「羽をすり合わせていましたよ」

それから二人はタラップを降りて行った。十分ほど後、カルロスのボートが濃い藤色の海を白い波を立てて、仔鹿のいる島へ向って走っていくのが見えた。

Ⅱ

カルロスはその日もスウを先に桟橋におろし、ボートのエンジンをとめた。彼女は彼の投げたへさきのロープを杭に結びつけていた。すると、彼はずっとむかし同じような姿勢でそういう仕事を彼のためにした女のことを思いだした。
その女はジェラルダインという名前だった。ジェラルディーンと発音するのが普通なのに、そういうふうに呼ばせていた。コウルリッジの「クリスタベル」という詩に出てくるそういう名前の蛇の化身の女を気に入っていたからである。彼女は黒い髪と大層濃い藍色の眼を持っていた。その藍色の眼でじっとみつめれば、男というものはすべてリオライン卿のようにぐったりとなってしまうものだと思っていた。

この女とカルロスは二年ほど一緒に棲んでいた。そして、その二年のうち最初の一年は今カルロスの住んでいる島に家を建て、あとの一年は今スウの住んでいる島に家を建てることに二人は熱中した。

自分たちで島の木を伐《き》り、杭を打ち、空のドラム缶に丸太を渡した筏《いかだ》に積んで建築資材を運び、ジーゼルエンジンを運び、とんちんかんと釘を打ったり、鋸《のこぎり》を引いたり、壁を塗ったり、屋根をふいたりして建てたのである。

そのために彼らはチェインソウからジグソウ、ドリル、ポリッシャー、あらゆる種類の万力《まんりき》からやすりに至るまで、種々様々の大工道具を買いこみ、まず掘立小屋の作業場を建ててから事を始めたのである。

当時はまだこの地方では岸辺からモーターボートで十分かそこらで行ける場所に散在する小さな島を三百ドルか五百ドルくらいで政府から払い下げを受けることができた。その条件として三年以内に家を建てる義務があった。

彼らは死物狂いでこの仕事をやり遂げた。泥だらけのジーンズに男物のシャツを肘までまくりあげて着たジェラルダインはカルロスと一緒になって床板を張ったり、断熱材を敷きつめたり、電線を張りめぐらしたり、水道管を通したりしたのである。

彼らはその頃カルロスの印刷屋の二階のアパートメントに住んでいて、彼は印刷屋の商売も休むわけにはいかなかったので、週日は朝早くジェラルダインをボートで島まで送っていった。基礎工事が済んで、家の形がついてからは、ジェラルダインは一日独りで島に残って仕事をしたから。夕方彼がまた迎えに行くと、まだ窓のない家の床の上で、ジェラルダインは死んだように眠っていることもあった。台所が完成しないうちは、キャムプのように外で火を起し、木の枝にソーセージを突き刺して焼き、缶のスープを暖めて食べた。チリとトマトソースで味付けしたうずら豆にベーコンを入れてぐつぐつと煮え立っている真っ黒な鍋をみつめて、ジェラルダインはいぶる煙に眼を泣き腫らした。夕食後は二人で陽のある限り、仕事をつづけた。屋根と床と壁ができ、電線と水道管の工事ができ、雨水をためるタンクを据えつけ、ジーゼルエンジンでそれらを動かし始め、プロパンでレンジや冷蔵庫を動かし、暖房が動きはじめたとき、彼らは感激の余り手をとり合って泣いた。

内装はずっとゆっくり、時間をかけてやった。彼らは寝袋にくるまってともかくも雨風をしのいだ。ジェラルダインは毎日仕事が済むと、何十冊という建築資材のカタログの頁を飽きもせずにめくり、材質や塗料の説明を、少女が小説をむさぼり読むように読むのである。そして赤やら青やらの色鉛筆でカタログ番号に○印や×印をつけ、雲雀《ひばり》のように囀りながら、市販されている商品の俗悪な趣味にけちをつけ、このように限られた選択では意志を表現することは不可能だと言って、涙を浮かべて不貞寝《ふてね》したが、朝目が醒めると思い直して妥協し、カタログ番号をびっしりと書きこんだ紙をカルロスに渡して、注文するように命じた。

彼女が暖炉と壁の一部を、基礎工事のとき掘り出した巨大な岩でモザイクに組むと言い出したとき、彼はその太古の昔氷河に削られた岩の鋭い岩角は内装用には不適当で危険でさえあると反対したが、彼女が泣き出したので、遂に彼は妥協して比較的丸みを帯びた岩だけを使うことにしたが、出来あがってみるとそれは人工的な資材の中でぱちぱちと燃える火を抱きかかえる、妙にものなつかしさをたたえた洞窟に似たかまどになった。

今では突き出た岩角の窪みに、アフリカンヴァイオレットやベゴニヤやカクタスやしだの鉢を置いてある。

最初の家が完成すると、ジェラルダインはジーンズを脱ぎ捨てた。

毎日からだをオリーヴ油でふき、手や足の爪を毎日いろいろな色に染めた。すみれ色、真紅のベゴニヤの色、それから、蒼ざめた海の波の色に。

前の割れた光った薄いローブをうろこのようにきらめかせた。

彼女は爪のある蛇で、まきつきながら分かれた焔《ほのお》の舌と鋭い爪を交互に使った。

「そんなに歯を立てないで――きみの歯はぎざぎざだよ」

「でもあたしの舌はやわらかだわ」

「きみの爪は猫みたいにざらざらで、きみの腹にはぬめった鱗《うろこ》があるよ」

「どうしてかみきらないと信じられるの。息をふさがないでよ」

「やめないで」彼女はとびすさってすばやく、はさみこみ、「ほんのちょっと力を入れれば、あなたの首の骨は折れてしまうのに」と言った。

そして、白熊と羆とあざらしの毛皮の上で脚を蹴りあげ、山猫のような低い呻《うめ》き声をあげた。

彼女は燃えさかる暖炉の前に裸身で片膝を立て、軒につるしてある腹をたち割って血をしたたらせてある鹿の姿を眺めながらでも、その鹿の肉をむさぼり食った。太く白い獣の骨を握りしめ、骨から歯で肉をひきはなしながら、がっがっというようなかすかな音を立てて唇の両脇から肉汁をしたたらせながら肉を喰う女を見ると、カルロスは畏怖を感じた。島の林をさまよう仔鹿に出遭って、仔鹿のあどけない眼でじっと見つめられたときでさえ、立ち止るジェラルダインのこわばらせたのどは、唾液であふれていた。この町へやって来てまだいくらも年月が経たず、始めた印刷業がやっと軌道に乗りかけているカルロスは、禁猟期にもしかしてジェラルダインが鹿を撃ちはしないかと怖れて、つまらぬことで町の人々の心証を害しては困ると再三釘をさすと、彼女は舌打ちして法律を呪った。ジェラルダインを知るまでカルロスは自分の狩猟の腕を誇っていたが、なぜかその頃から、彼女にのどを鳴らさせるためにその可憐な動物を殺すことに、抵抗を感じるようになった。

三カ月の間ジェラルダインは蜜月の雌ライオンのようだったが、鹿の禁猟期に退屈する春先、彼女はまたしても新しい設計図を描き始めた。

カルロスは自分より十以上も年若いジェラルダインの真っ黒な髪を眺め、めっきり白髪がふえ始めて薄くなった自分の髪を掻きあげ、急に疲労を感じた。もう一軒の新しい家を隣の島に更に自分たちの手で建てることを提案されて、カルロスは聊《いささ》かうんざりし、生返事をしていると、ある日彼女はどこからか黒人と白人の混血の若い大工を連れて来た。

その男は大工というよりは土方だった。基礎工事のひどいところだけやらせるというのが彼女の言い分だった。無口で朴訥《ぼくとつ》な男だったが、ジェラルダインがその高等学校を途中で放り出した、いくらか頭が足りないように見える図体だけ大きな少年と肩を寄せて、自分には老眼鏡がなければ脚をこわばらせた虫のようにぼけてしまう細かい字のカタログを丹念に繰っているのを見ると、なんとなく不愉快だった。彼が字を読むとき眼鏡をかけるのを、ジェラルダインは乱視のせいだと思っていたのに、あるときその少年がごく何げなく、「ぼくのおふくろも、最近眼鏡が要るって言い始めたんですよ」と言い、ジェラルダインが蔑むようにカルロスを見直したとき、カルロスはむかっとした。彼はべつにジェラルダインを騙していたわけではなかった。彼女がただ勝手に乱視だと思っていただけなのだ。

ジェラルダインは混血の少年を家に泊めていた。寝室で、少年に聞こえるのがわかっていてわざとけたたましい笑い声を立て、ときには意味もなく、カルロスさえ、何のことやらわからずにあっけにとられるような金切声をあげ、少年が気づかってドアのところに聞き耳をたてる気配がすると、「水う、水う」と叫び、裸でもつれている部屋の中に少年を呼びつけ、少年が姿をあらわせばあらわすでひどく邪慳《じゃけん》に追い出し、すぐそのあとで、「ねえ、あの子を、あたしの玩具に買って頂戴」とカルロスに身をすり寄せてねだった。

それから彼女は少年を木に縛りつけて、二人で石弓の打ちくらべをしたら面白いわね、と言い、目玉だったら何点、咽喉笛だったら、何点にしようかと言った。「膝頭も高い点を与えるべきだと思うわ。——ああ、いちばん高い点をつけるところは——ここだわ」と腰を動かしながら言い、カルロスが苦しがると、「あの子と初めにやってからでなければだめだわ」と言った。

ジェラルダインはカルロスの前では、そのいくらか単純すぎるように見える少年をひどく横柄にこき使うだけだったが、少年が怯えたように彼女を見上げる目つきには妙にねばりつく妖しさがあり、カルロスは不意に少年を撃ち殺したいと思った。

その癖、カルロスはジェラルダインが少年と遊びたいだけだと言うと、昼間カルロスは町に行って二人きりなのだから、特別夜まで気をつかってやることもなかったが、なんとなく島に帰る気がしなくて、町にいつづけたりした。だがそういう遊びが高じると、いかに女に熱がないと責められようと白けるばかりでカルロスはだんだんむなしく、彼らが家造りに熱中すればするほど自分は大工仕事に興味を失った。

丁度その頃町で人目をひき始めたロシア女のマリヤ・アンドレエヴナに二人に復讐めいた気分もあって好奇心をかき立てられ、用もないのにマリヤの勤め先の学校に行って長々と話しこみ、大して商売にもならない卒業式のわずかな招待状の注文をとって来たりすることに歓びを見出したりするようになった。

二番目の家ができあがって間もなく、ジェラルダインは混血の少年と姿を消してしまった。家具を五千ドルほど買いこむといってカルロスに小切手を書かせ、それを持って去《い》ってしまったのだ。ある日カルロスが家に帰ってみると、冷蔵庫の扉に磁石のついた小さな赤いてんとう虫の鋲でとめられたメモ用紙に二行でこう走り書きしてあった。

「もしも五千ドルが二年間の労賃にしてはとりすぎだと思ったら、――わたしたちの造ったこの芸術品がそれほどの価値がないと思ったら、新聞広告を出して下さい」

暖炉に火の気はなく、突き出た岩の上にはピンクと紫のアフリカンヴァイオレットが華やかに咲き誇っていた。彼はメモをはずして丸め、火のない暖炉の灰の上に捨てた。

二月ほどしてジェラルダインの筆蹟で、受取人の記入のある使用済みの小切手がはるか東部の町の銀行から戻って来たとき、彼はそれを赤いてんとう虫の鋲で冷蔵庫の扉にとめた。今でも、黄色くなった古い小切手はそこにはりついたまま、ミルクやケチャップのしみを年毎に増している。

マリヤとの情事は静かに始められ、静かに続き、彼らは今では古い親友のようなものだ。マリヤはカルロスの他の女関係に文句もつけなかったし、自分もときどき前夫に会いに行ったりしていた。マリヤは前夫と称する男のことを自慢めかしてカルロスに話したりもし、カルロスはマリヤとなじんで六、七年も経った頃にはいっそのことマリヤが前夫に会いに行ってそれっきり、ジェラルダインのように煙の如くかき消えてしまってくれることを願うようにもなったが、マリヤは一、二週間で必ず舞い戻って来た。するとカルロスは何となくがっかりもし、ほっとしたりもするというふうであった。

カルロスとジェラルダインの造った二番目の家、いや実はジェラルダインと混血の少年の造った二番目の家をスウに貸すようになって以来、カルロスは毎日朝晩スウの送り迎えだけはした。マリヤが休暇をとっている間、スウをギフトショップの店番に坐らせ、またマリヤが帰って来たあとでは印刷所の方に出入りさせた。

しかしスウは気ままにときどき仕事を休んだし、マリヤほど勤勉な勤め人というわけにはいかず、一日独りで島の家にいることも多かった。そんなとき、カルロスは何となく一日中落ちつかず、いつもよりは早く印刷所を閉めて帰る。

するとスウは島の桟橋のそばの陽の当る岩の上に腹這いになって、雲丹やなまこや鮑を獲っていたりする。海の中で鮮やかに咲いた大輪の血の色の菊の花といった雲丹は、差渡し二十センチもある巨大なものである。なまこは「海の胡瓜」というが、非常に不気味な、どす黒い四、五十センチもあろうと思われるぐにゃぐにゃとしたきたならしいものである。そんなものをスウは庭仕事用のレーキや料理用の大きなフォークで突き刺してとり、そのどこかの部分を酒や、酢に漬けたりするらしい。岩にはりついた鮑をはがすために、パンケーキをひっくり返すときに使う料理用のステンレスのへらをかかげ、海の中を覗き込んで腰を高く上にあげた小柄なスウの姿をみつけると、カルロスは同じ恰好で巨大な臀部をさしあげ、折り曲げた腹についた脂肪で心臓をしめつけられて喘ぐマリヤを苦しく思い浮かべた。それは全く同質の生きものなのに——。スグリがいつもそばにいる。（スウは仔鹿をスグリと名附けた。）

そうかと思うと一日中すぐりやこけももを摘み、酒にするためにその実をつぶしたり、ジャムを煮たりしていた。五千ドルの家具を入れる筈であったジェラルダインの二度目に造った家にはぎいときしむ鉄製のベッドと粗末な木の椅子とテーブル以外は何もなかったが、スウはその殺風景な家に住み始めてもう一カ月余りになる。「来年の春頃、いいお酒になるわ」スウはそのきれいな薄紅の液を示し、「きっと、スグリはギムレットよりすぐりのお酒のほうがもっと好きだと思うわ」と言い、スグリの首を抱きかかえて、耳の後を顎で愛撫《あいぶ》した。

すぐりの酒ができるまで——。こんなふうにして春まで続くようなことになったりしたら——。カルロスは自分が闘争的な年齢を通り越したことを考えて、もう乗り換えのない終着駅の風景にスウを重ねて見ないでもなかったが、と同時に終着駅で夜を過せば、また朝が白み始めるのだからと首を振っていた。というより、白んだ朝の光の中でも旅立てないほどに疲れてしまったのなら、野たれ死すべきなのだと思う。とは言え、旅の道連れが別れてしまえば二度とめぐりあえない仙女かもしれないと思えば、罠をかけてでもひきとめてみたい気もする。似通ったことをスウもまた考えていたが、二人ともそのことを説明したり、訊きただしたりするのを避けた。

〈執着しさえしなければ、人間はいつでもそれほど不幸になることはないものだよ。欲望が強ければ強いほど、救われないよ〉しがみつくことに飽きてしまったスウの母はスウに言ったものだ。〈自然であるということが幸福の秘訣だ。つまり、自然というものは説明などは必要ではなく、寂しい雲のようにじっと待っていれば、いろんなふうに形が変わる〉彼女を女として愛していたらしく思われる義父はスウに言った。

〈自己に対する愛情が強ければ強いほど、孤独になるから、神の前にひざまずいて、他人と愛を分かつと決心し直さなければならないんだよ〉ときどき思い出したように人生に対して不安になるたちの死んだ夫はスウに言った。その不安を、スウは今なつかしいものに思い、自由は孤独を代償にして得られるということを知っていそうに見えるカルロスを、自分は、不安にすることはあっても安心させることはできないだろうと思った。

〈気をつかわなければならない相手が四六時中そばにいるなどというのは耐えられない。女は魔法のランプのように、呼んだときだけ目の前にとび出して、願いをかなえてくれさえすればよい〉きままな独り暮しに慣れているカルロスは考えた。

スウはほぼ魔法のランプ並に振舞っていた。カルロスが誘えばときには性的な遊びにもふけったが、それが長びくということはなかったし、いつの間にか姿を消し、次に逢ったときはそんな記憶が全くないような顔をしていた。

何ごとも気分本位で、そういう気にならなければ、無関心で、カルロスに気に入られようと媚びを売ることはなかった。その癖その気になれば、ほとんど動物的な自意識のない身のすり寄せ方で、カルロスを哀しみに誘うほどの一途な嬌態《きょうたい》を示した。

スウがロープをつないでいる間中、スグリはスウにまつわっていた。カルロスがボートから降りると、スウは「じゃあ」と言い、スグリを従え、その日は潮が引いてつながっている自分の島の方へいきかけたが、途中で立ち止って「ちょっと話があるんだけど」と言った。「こっちの家で飯を食わないか」とカルロスが言うと、スウは少し考えて、「ではこの間獲った鮑を持ってくる」と言った。スウは招かれなければカルロスの家の方へは行かなかった。カルロスはそのことを気に入ってもいたが、物足りなくも思っていた。

スウは殻からはずしてポリ袋に入れた鮑を持ってやって来た。鮑は酒蒸しか酢醤油で食べるのが一番よい、とスウは言ったが、カルロスはフライにするのを主張し、板の間に挟んで金槌で鮑の肉の筋を叩いた。鮑はこうすると、フライにしても柔らかくあがる。スウは鮑の美味しさは身のこりこりしたところなのに、と嘆いたが、何ごとにつけ、ジェラルダインとは違って、自分を主張しないたちだったので、カルロスのなすままに任せていた。

そして気がつくとカルロスは常にスウのためにまめまめしく働くという結果になるのだった。「あなたはほんとにお料理の才能があるのね。もしかしたらあなたは印刷屋よりレストランを開いたらよいのかもしれないわ」彼女は言って、ぼんやりとテーブルに肘をつき、彼の料理を眺めているのだった。

「あの赤いてんとう虫の鋲は幸福の象徴みたいね」スウは来る度に同じ形で冷蔵庫の扉に斜めにはりついている古い使用済みの小切手をとめた磁石つきの赤いプラスティックの虫を見て言った。

「そうさ。こいつはぼくのお守りでね。ある日どこからかぶうんと舞いこんだ幸福のあかしだ」カルロスはスウにギムレットを渡しながら言った。「おれを解放してくれた——」

スウは立って行って「一九六×年四月八日」と小切手の日付を読んだ。

「ある日、どこかへぶうんと飛んでいった——」スウは薄い笑いを浮かべて言った。

「でも現に、そこにこうしてとまっている」カルロスはギムレットを飲み、「そうだ、こいつにも乾杯といこうか」とスグリの首を撫で、ミルク瓶に半分ぐらいギムレットを入れて乳首を鼻先に持っていくと、スグリはほとんど乱暴にそれを咥えて、あっという間に飲み乾した。

「この子のために、長い休暇をとり過ぎたわ」スウは言った。「もう直きいかなきゃならないわ」

「笙《しょう》や篳篥を習う学生が何人いるの」

「四人」

「今学期は琴と琵琶《びわ》を教えるの。管楽器はわたしには無理なの。もちろんわたしは演奏家として教えるわけじゃなくて、まあ、そんな楽器があるということを、いろんな変った音色の楽器をかき鳴らして、変った旋律に耳を傾けている変った人びとの住んでいる国がある、というようなことを、教えているだけなの」

「たった四人の学生のために、東洋の宮廷音楽師を雇うなんて、アメリカの大学はよっぽど金持なんだな……、東洋趣味が流行するのは、みんな、合理主義に飽き飽きしたからなんだな」

「それで——お願いがあるの。——今のところ、解禁になっているのは牡鹿だけだけれど、もうじき——」

「九月の末までは牡鹿だけだ」

「でも、とにかく、わたしが行く前に、警察へ行って、鑑札を貰っていただけないかしら。撃たれないように。スグリのことを考えると、夜もおちおち眠れないの。

スグリと一緒にいると、とても心が落ちつくの。何も用心しなくていいし、——こんな気分、始めてなの。スグリと一緒にずうっと暮していられたらと思うけれど、でも——多分、あなたもわたしもそれぞれに自分だけの暮しを大切にしすぎる人間だから、わたしがこのままここに居坐ったりすることになるのは困ると思うのよ」スウは言った。

カルロスは何も答えなかった。実際彼はあまりに長い独りの暮しに馴れすぎていて、お互いに領分を侵害されない友人ならともかく、自分の中に入ってこられる人間には恐怖があった。〈協力には限りがあるさ〉彼は始める前から疲れていた。〈動物がよりそうような気分になれさえしたら〉スウは考えている。

「そんなものを貰えるのかな」カルロスは言った。「それにどっちみち、いつまでもここにつなぎとめておくわけにはいかないさ。育ちあがれば去ってしまうよ」

「第一番の犠牲《いけにえ》になるんだわ。ああ、そうにきまっているわ」スウは首を振った。

カルロスは鮑にフォークを突き刺した。

スウは黙っていた。

「鑑札が有効なもんなら、スグリよりもきみの首につけておきたいよ」彼は心の中ではぼくと言うのを、口に出すときはきみとすり替えた。彼は自分のそういう気の弱さをいまいましいものに思い、またそんな表現を逆説的に受けとめられないような女ならそれまでだ、とひどく冷酷にも考えていた。

「鹿の首に鑑札がついているからといって、撃たないでくれる狩人ばかりなら、ということさ」

「――鑑札が無くても生きのびる鹿はいるわ。――もし初めから森に育っていれば」

「きみは森で育ったのか」

「きっとね。――ひどく飢えたこともあったわ」

「きみの夫はきみを飢えさせたのか」

「冷蔵庫の扉に磁石のついた青いバッタの鋲でメモをとめたものよ。〈チキンサンドイッチがはいっています〉って。だってあの人はわたしが研究室に残ってもっと勉強すべきだって思っていたのよ。夫婦はそれぞれに冷たいサンドイッチを食べながら、本を読むべきだって。彼は東洋史の学者で、朝鮮や日本や中国のことを根掘り葉掘りわたしに訊いたわ。わたしに大学で民族音楽学の学位をとらせたのも彼なのよ。中国や朝鮮や日本の仏教の音楽がどんなふうに印度から入ってきて、どんな風に関連しあっているかとか、私はそんなことを勉強して青春を送ったの。彼は私が中国や朝鮮や日本の本を読んでいさえすれば機嫌がよかったわ。わたしがサンスクリットに身を入れないことを彼は死ぬまで嘆いていたわ。わたしが飢えていたというのは、とても片寄った食事、何か貴重なビタミンが足りなくて、――重症の脚気《かっけ》のような――」

「きみはつまり、飢えさせられる代りに、あんまりやたらにつめこまれて、消化不良を起したってわけ」

「いいえ、決してそういう学問に価値がないということではないの。あの梵唄《ぼんばい》だの声明《しょうみょう》の音楽の魅力が、わたしにほんとうに囁きかけたのなら――。

でもわたしが中国の梵唄や、朝鮮の郷歌や、仮面劇や、日本の天台声明や伎楽《ぎがく》のことを勉強したのは、ただわたしが作曲家や演奏家や歌手になるほどの才能がなかったからにすぎないのよ。そしてジプシイやアフリカの音楽の論文を書かなかったのは、単にわたしの血の中に偶然朝鮮人や日本人があったからという理由なのよ。わたしは子供の頃アメリカにやって来て、実際に朝鮮や日本のお寺の中で梵唄も声明も聞いたことなど一度もなかったんだもの、そういう音楽が自然にわたしの心に囁きかけたなどとは思えないわ」

「きみは、今の仕事が好きじゃないのかい？」

「さあ、――比較の問題だと思うけれど、――銀行やデパートに勤めるよりは向いていたかもしれないけれど。でも、こういうことも言えるのよ、もし銀行やデパートに勤めていれば、ほんとうはそれほど興味もない民族の精神に不自然にかかわり合おうとすることもなかったのじゃないかと。だって、わたしはあなたよりもずっと子供の頃アメリカにやって来て、日本のことはほとんど覚えていないし、朝鮮のことは死んだ母からほんの少し聞かされたに過ぎないのよ。そして、母はその両方とも、よく言わなかったわ。

自分の背後にかかえた民族というものを代表して、さまざまな証拠書類をとりそろえて、その上自分の肉体を駆使して、無理矢理ひとつの症例のようにふるまわなければならないというのは心が重いのよ。たとえば、わたしが東洋以外のことに興味を持ったりすると、〈それはお門違いですよ〉と冷たくあしらわれるというようなことは、ひどくやりきれない自由の束縛だと思うの。自分の中におぼろげにしかない記憶を強制的にひき出すことを命じられるのは、記憶を失くせと強制されると同じくらい不自然だわ。

わたしはときどき疲れちゃうのよ。チマチョゴリを着て胸をしめつけられるのも、キモノにオビをしめて足袋《たび》をはくのも。そりゃ、ときには、そうしたい気分のこともあるでしょう。でも他人から押しつけられるのはいや。

それに——たとえ、わたしに朝鮮人と日本人の血があったたって、韓国の役人の汚職や朝鮮民主主義人民共和国のスパイや、日本の商社の買い占めや、——それから、わたしがアメリカの国籍を持っていたって、アメリカ人がインデアンの土地を盗んだことや、ホワイト・ハウスのやり方に責任を持つわけにはいかないわ。あの人たちはただ、そうやったし、そうやっている。

わたしに相談しないで――。そのことについてドイツ人やフランス人がわたしを責めたてたって、わたしはそっぽ向くしか仕方がないわね」

「ぼくだってコルテスやフランコのために弁解する気はないね」

「――死んだ夫はよくしてくれたけれど、いくらか重荷だったわ。わたしに東洋人の意識を必要以上に不自然に持たせることで、人工的なわたしの人格を創りあげようとしたんだもの。――多分あの人が、死んだ夫がわたしを選んだのはわたしが朝鮮人と日本人の混血で、中国人に育てられたということに対する好奇心だったのよ。

でも、スグリは違う。スグリはわたしが朝鮮人だからという理由で、わたしになついているわけでもないもの」彼女はさしのべた長いスグリの首を抱きしめ、テーブルの上からキャンディをひとつとってやった。すると、スグリは紙のまま、むしゃむしゃと音をたててそれを食べた。

「きみのおやじさんは日本人だったのかい」

「という話よ。ただその男はわたしを自分の子供として認めなかったのよ。多分、――わたしの母が朝鮮人だという理由で。それなのに、わたしの母は日本人として育てたのよ。いったいこれはどういうことかしらね。一方では認めたがらず、一方では無理矢理認められたがって、自分の血をかくすなんて。――子供の頃わたしはすえ、って呼ばれていたわ。日本語しか喋らず、日本の着物を着て、――青い麻の葉模様に桜の散ったメリンスの着物を着て、赤と黄色のしぼりの三尺をしめて、赤い鼻緒の塗りの下駄をはいて、お祭に行ったわ。

わたしは自分を日本人だと思って育ったの。ところが小学校へはいって間もなく、母が朝鮮人だということがわかったのよ。でも、初めはそのことがどんな意味を持つのか、しばらくはピンと来なかった。だってあたりを見まわして見ても、わたしも母も周囲の人たちと特別変ったことはなかったたし。でも、そのうち、みんなが、朝鮮人たちのことをチョウセン、チョウセンといって蔑んでいるのがわかって、ひどいショックだったの。クラスに朝鮮人の子供がいると、その子のことを話すとき、丁度、〈あの子は魚の子だ〉とでも言うみたいに聞こえたわ。でなければおへそがないとか——からだのどこか誰も見えないところに、まるでどうにもならないひどい欠陥を持っているみたいな——。そういう子たちはなんだか卑屈に見えて、わたしは自分がそんなになりたくないために、自分が朝鮮人だということを、自分からは誰にもいわないほうがいいんだ、と思ったの。母とわたしの間には、暗黙のとりきめがあって、そのことは口にしてはいけないイヤなことだと思っていた。でも、そのことはいつでもわたしの心の中に大きく、暗く拡がっていて、わたしは陰気な子になった。

〈わたしはお魚の子なんだわ〉いつのまにか、そんなふうに思うようになり、同じ仲間のお魚の子たちに近づこうとするんだけれど、そうすれば自分の身分がばれてしまうように思え、また、ほんとのお魚の子たちは、半分お魚の子を軽蔑して、あれは〈人魚だ〉と言い、わたしの頭がお魚でないことでバカにし、ほんとに仲間に入れて貰えないように思ったの。

それで、わたしは今度は自分を人魚姫だと思い、いつか魔法使いがやって来て、自分の尻っ尾を切って二本の足にしてくれるのを夢みるようになったの。でも人魚姫は尻っ尾を足にしてもらって、針で足の裏を刺すような痛みをこらえて人間の王子さまを慕っても、王子さまは結局人間のお姫さましか好きじゃなくて、人魚姫は独りぼっちになっちゃうのよ。そして王子さまに捨てられて、また人魚に戻りたくても、もう二度と元の姿には戻れず、とうとう海の泡になってしまうの。

でも、そんなことを考えていると、わたしは自分が心のどこかで夢みているらしい王子さまも含めて、人間たち全部がひどくイヤなきたならしい動物にも思え、また人魚をとりかこんで屍肉をつつくみたいに群がってくるお魚たちもひどく残虐な怖ろしい生きもののように思え、とうとうしまいには日本も朝鮮も憎み始めたのよ。実際にわたしのまわりにいる一人一人の日本人とか、朝鮮人とかいうのではなくて――わたしという無力な子供にとってはわけのわからない抽象的な『日本』と『朝鮮』という国というものこそ、わたしを苦しめる根源なんだということに気づいたの。それは、生きた具体的な人間ではなくて、無機的な、硬質の、はじくとカチンと音のする魔王のお城で、わたしはその中にセメントで埋めこまれているんだということに気づいたの。

朝鮮語をひとことも喋れない子供が、なんだって征服された民族の祖先の血や、征服した民族の血に責任を感じなきゃならないの。

父はわたしたち母子と一緒に住んでいたのだけれど、親たちの同意がない、という理由でわたしたちの籍を入れなかったのよ。わたしは幼すぎたからあの人たちが愛し合っていたかどうかはよくわからない。それほど単純なものでもないと思うけれど、とにかく母は戦争が終るまでは父にどんな形でもすがりつく以外に生きられなかったのだと思う。

日本が戦争に負けたときは、何が何だかわからなかった。

子供のわたしにわかったことは、母が変ってきたということだったの。それは、目に見えないけれど、イヤな予感のする、……ものだった。お魚の母が人魚のわたしを見る目つきは、追っ払えない厄介ものを見るような、――そしてわたしはもっと孤独になったの。

そして、或日、母は突然、悪鬼のような顔つきでこう言ったの。〈お前の出生をお父さんが認めなかったのは今となっては幸運よ。なにも、あのひとでなければ子供をつくれないわけではないということを、あの人に知らせてやる。もう手遅れよ。あの人はどんなに声をふりしぼったって、自分の生命がお前の中にある証明はできないわけだよ。そうとも、お前はわたしのお腹から生まれたわたしの子供よ〉

それから母は出かけていって、それまで台湾人だと言っていた中国人の男とあっという間に結婚してしまったの。それで、わたしは素英という名前になったわけ。その男が私を養子ではなくて、実子としてとどけたのよ。わたしはその男の姓を今でもミドル・ネームとして使っているわよ。もともと中国や朝鮮では結婚しても女の姓は変らないものだし。

わたしたちはそれからまもなくアメリカにやって来て、わたしたちはみんなアメリカ人になり、日本語を忘れてしまったわ。朝鮮語はもともと知らなかったたし、中国語を覚える前に、わたしは英語を覚えたというわけ。

母が日本人の父と別れて同国人と結婚しなかったのは、同国人に戦争中日本人と結婚していたことで、裏切者と言われるのが怖かったんでしょう。そうよ、人はみんなその時点で生きることを考えなきゃならないんですものね。

だけどいったい名前って何でしょう。ウエルズという男と結婚して、わたしはスウイェン・リ・ウエルズというようになった。またときには、ソヨンといったり、スーイェンといったり、アメリカ風にスウといったりする。今ではわたしは朝鮮も日本もアメリカも愛してもいなければ憎んでもいない。朝鮮という国はわたしの幼年時代にわたしに朝鮮人ではないと言わせる運命を与えてくれただけだし、日本はわたしを拒絶したし、アメリカはわたしに国籍をくれたけれど、それがいったいどうだっていうんでしょう。

今ではアメリカはわたしに無理矢理朝鮮のことを調べさせ、そのことのためにわたしの朝鮮の血をおだてているように見えるわ。アメリカは日本のハラキリやサムライ精神を調べあげるためなら、よろこんで日本の血をおだてるでしょうよ。でも、どの国をとってみても、国は特別わたしに何かしてくれたというよりは、難癖をつけるために金棒をもってそこに突っ立っている理屈のわからない鬼みたいなものよ。うまく行ったときには恩にきせ、うまくいかなかったときは言いくるめるだけの鬼なのよ。

でも、スグリはわたしの血をおだてたり、蔑んだりしないわ。スグリはわたしのやるギムレットが好きなだけ。

ね、カルロス、わたしが帰る前に、スグリに鑑札をとって頂戴」

「去ってしまったあとのことが、どうして気になる。それに、きみが去ってしまえば、スグリもいなくなると思うよ」

「でも、お願いだから、わたしが行く前に鑑札をとって頂戴」

「そうだな」

カルロスはスウのいくらかとろんと酔った眼を眺めていた。

鮑のフライはすっかり冷めていた。カルロスは四半分に切ったレタスを、兎のようにかかえて食べていた。〈この女は、いったい独りでいるときに、どんな食事をしているんだろう〉カルロスはほとんど何も食べないスウのほっそりした、年齢のわからない、蠟のような肌を、魔法の蠟燭でも触ってみるように、触ってみた。〈蠟のような女と寝て、とろとろと睡って、眼が醒めてみたら、燃えつきた黒い芯のまわりに、とけただれて固まった蠟がこびりついていた、というようなことかもしれないな。――それとも、乾いた鱗のこびりついた、人魚のミイラ〉

「ねえ、鑑札をとってくれるわね」スウは何も食べないでくり返した。

「明日警察に行ってみよう」カルロスは蠟をてのひらで暖め、暖かくしない始める蠟のやわらかさを感じながら言った。

Ⅲ

カルロスとスウは二人で町の警察へ行って、スグリのために特別の鑑札を発行してくれるように頼んだ。係員は三十分もかかっていろんな部厚い綴じ込み書類を調べたあげく、「そういう例にあてはまる項はどこにもありません」と言った。

「だって、犬や猫とどう違うんです。いや犬や猫というよりは神聖な牛か、あるいは牧歌的な馬に比較すべきだ。鹿という動物は。鹿の親類のトナカイが古典的な家畜であることは周知の事実です。人間に飼育され、人間の文明の貴重な支柱とも言うべき労働力のにない手であった。サンタクロースだってトナカイに乗ってやってくる。東洋でも西洋でも仙人や仙女は必ず鹿を連れていたものですし、鹿という神秘な動物の持つ神通力は明白です。その鹿をさしおいて犬や猫などという下等な動物にのみ鑑札を発行するとは全然理解できない。すべて人間界の法律というものは、人間たちの生活を幸福にするためにこそ、多少の犠牲を支払って、いや、多大の犠牲を払ってつくられる契約の精神に基づいたものだと思うのです。もちろんぼくはどんな法律だって、人間の野蛮な行為を完全に阻止できるものだとは思っていません。たとえば、ぼくの私有地に向って、禁猟期にボートから仔連れの母鹿を狙い撃ちするようなふとどきな奴から、法律は一銭の罰金も巻きあげられない癖に、その所有地の主からは、彼が心のほんの片隅でも承認し得ない厖大な軍事費やその他のろくでなしの予算をまかなうための税金を、間違いなくきちんととり立てている、というような事実について、ぼくは言っている。しかし、ぼくは、にもかかわらずですよ、にもかかわらず、脱税行為などいっぺんもしたことのない善良で諦めのよい一市民として、善意の要求をする権利くらいは当然認められて然るべきだと思っています」カルロスは雄弁にまくしたてた。「生まれたときからミルクをやって育てたわが子同様の孤児の動物が撃たれて、皮をはがれ、食卓に供せられるのを、せめて最善の努力を払って、防ごうとする気持をわかっていただきたいのです。あなたが心の中でぼくに共感して下さっているということは、うなずいておられるあなたの表情を見ればわかるものですから、こういうお願いをしているわけです」

「あすにでもスグリが撃たれるかもしれないと想像しただけで、夜も眠れませんの」スウは涙ぐんだ。

「本署に電話で問い合わせましょう」係員は東洋の仙女といったスウのか細い声で請願され、おごそかに言い、カルロスには「本官が立法に関してまで責任は負いかねるのは、あなた同様です」とごくそっけなく言った。

電話で問い合わせた結果、鑑札を出すことはかまわないが、飼主が鎖でつないでおかない限りその効果はない、もしその鹿が森をうろついていて、狩人が法的に解禁の期間に遠くから狙いを定めて撃ったとしても、それを罪にするわけにはいかない、なぜなら首につけた鑑札を森の木の繁みを通していちいち見きわめることはいずれにしても狩人たちには不可能であろうから、というのが回答であった。

ともかくもスウは鑑札だけは受け、カルロスに言った。

「ねえ、町の新聞に頼んで、鑑札をつけて首環を目立った赤色にするから、どうかスグリを撃たないで欲しいって広告を出して貰うわけにはいかないかしら」

カルロスはしばらく考えてから答えた。「しかし、それは考えものだと思うよ。だって、そんな目立つ赤い首環をつけて森をうろついていたりしたら、狩人ばかりでなく罷の爪だって逃れるわけにはいかないだろうからね。それは考えものだ。もし――、どうしてもスグリを保護したいんなら係員の言うように鎖でつないでおくしかないが、それが果してスグリにとって幸せなことかどうか――。それに、どっちみち発情期になればスグリは鎖を切って恋人を探しに行ってしまうよ」

「でも、今晩にもスグリはいなくなって、それっきりになってしまうかもしれないわ」

スグリの毛皮は幼児期の特徴である白い斑点を消し始めていた。

今までのところスグリは島の中だけで遊んでいたのだが、最近はカルロスとスウの島の間の浅瀬だけは、かなり潮の満ちているときでも渡るようになった。今のところ、たとえ湖のように凪いでいても、入江の海を泳いで本土に渡ろうとする気配はなかったが、秋に入って仲間の哭き声を聞けば、渡る気になるだろう。

「いずれにしても十月に入ったら年内は鎖でつないでおくしかないわ。解禁の間だけ」スウは言った。

「いるうちに、具合をみておいたほうがいいと思うのよ」スウは言って、その晩スグリを作業小屋の脇のあすなろうの木につないだ。

スウはその晩カルロスの家のほうに泊り、二人は初めのうち哀れげに哭いているスグリの声に聞き耳を立てたが、そのうち寐入ったらしくほっとした。朝方二人が目醒めて家の中で物音をたて始めると、いつものように扉を叩くスグリの気配があった。

翌日は日曜日だったので昼間は鎖をはずしてやり、スグリは今まで通り家の中を歩きまわって、鼻先でキャンディの箱をひっくり返して食べたりした。甘いものが大好きで、最近は在りかをちゃんと知っているのである。スウが家の中にいると、赤ん坊が母親にまつわるように後をついてまわったが、外へ出れば急に自信たっぷりに林の中を分け入り、あっという間に繁みにかくれて、渚にかけ降りたりした。

スグリのために雨水をためた桶を家の脇にしつらえてあったが、スグリはトイレットの水が好きで、水洗の白い便器に首を突っこんで水を飲み、二人を苦笑させていた。

〈一度海のむこうに渡って、大きな森の中には水がふんだんにあることを知れば、おしまいだ〉カルロスは白い便器の中に首をつっこんで水を飲んでいるスグリを見て思った。

「島にいる限りは撃たれないように、新聞に広告を出しておこう。私有の島なのだから、もちろんそんなことはきまっているが、撃たれた母親の例もあるし、用心しておくに越したことはない。なにしろ昼間は留守なんだし」カルロスは言った。

しかしスウはカルロスがそんなことを言えば言うほどかえって不安な顔附で、黙っていた。そして翌日から町へカルロスと出かけるのをやめ、一日中スグリと一緒に島にいるようになった。

二つの島の間は潮の満ちているときでもほんの十メートル足らずのものだったが、オールで漕げる小さな船をつないであった。スウはカルロスのいつも住んでいる家の方にいるようにすすめられていたが、大抵はがらんとしたジェラルダインと黒人の少年のつくった空家のほうにいた。何をしているかといえば、一日渚で貝殻や流木を集めているのである。赤ん坊の小指の爪ほどの桜貝から、グラタン皿になるほどの蛤や鮑、ラムプの傘になるほどの雲丹、植木鉢になるほどの富士壺があった。またさまざまな奇怪な流木、乾いた海藻、ひとでなどを空家の寝室の床一杯に並べて、その間を爪先立ちして歩きながら、ああでもないこうでもないと並べ変えているのである。

そういうスウを見ると、カルロスは決して自分の中に押し入ってこようとしない女に不思議な苛立ちを感じ、とんでもない提案をして女の心を確かめてみたいような気分に襲われたりもする。心のどこかでは、いやおうなしに身動きのとれない鎖で縛られてみたいといった欲望もある。いつも監視をしていてくれる飼主がいて、首環を鎖でつながれている——か、カルロスは肩をすくめ、やはり一人でボートを動かしているとき、ふとそのまま進路を変えて、外海まで遠出をしてみたり、目にとまった美しい島に寄ってみたり、またさらにそのまま見知らぬ国へ行ってしまったりすることもできる自由は確保しておかなければならないと心をひきしめる。

スウは、九月半ばに大学が始まれば帰るつもりにしている。「少しはいる」という意味がどういうことなのか、またはかりかねた。「ぼくは、その少しはいる恋人の中にははいるのかい」と訊くと、「はいるときもある」と答えた。「あなたがわたしに対して思うのと、大方同じようにわたしも思っているわ」スウは笑った。

一月も経った今では、町の人々は二人をすっかり恋人扱いして、カルロスを食事に招くときは、一緒にスウも招んだ。ひとつには、スウに珍しい楽器を弾かせたいからである。そんなときスウは悪びれずに、小さな優しい曲を奏でたり、低く呟くような声で歌ったりした。

島にいるときのスウはトランジスターラジオを一日つけっ放しにしている。一日に数回トランシーヴァーで町の印刷所にいるカルロスと話をしたが、その内容は「帰りにミルクを買って来てね」とか「パンとソーセージもね」とかいった類のことである。

カルロスは千冊ぐらいは本も持っていたし、雑誌も数種類とっていたが文学書はあまりない。多くは航海術、船に関する本、建築、美術、人文地理、歴史や伝記、植物、動物、医学、の本などである。スウは、貝殻や流木を並べ変えるのに飽きれば、そんな本を二十ページか三十ページくらい読んだりもした。

ある日、カルロスが帰ってくると、スウは洗ったばかりのまだ濡れている髪を長くたらし、珍しく料理をしていた。大きな蛤の貝殻に入れて焼いた鮑とまて貝のコキイルである。それから蟹《かに》とマッシュルームの焼飯、セロリと胡瓜と卵のサラダ。

「きみが料理のできる女だなんて」カルロスはびっくりした。

スウは冷蔵庫の前に立って、赤いてんとう虫をちらと見て、中に冷やしてあるギムレットをとり出した。

「あなたはオールドファッションがいいのかしら」

「そうだな、自分でつくるよ」

スウはミルク瓶に半分くらいギムレットを入れてスグリにもやった。

「素晴しい休暇だったわ」スウはカルロスのグラスとかちんと合わせてひと口すすってから言った。

〈信じられない、今まで傷つけ合わずにいられたなんて〉カルロスは思ったが黙っていた。ジェラルダインが去ってしまってから、何人かの女が出入りしたが、そういう女と長続きしなかったのは、女の方で少しでもカルロスの中に入りこみ始めると、カルロスは女を邪慳に押し出してひどく扱ったので、女はあきれはてて行ってしまうのだった。マリヤがたった一人の例外だった。独りでいられない女はカルロスを疲れさせる。〈手のかかる赤ん坊のようなものさ、女は。一人遊びができなくて、しょっちゅうひいひい泣きたてる。かまってやらなければ、うろうろあたりを見まわして、指を啣えて、犬にでもついていく〉そういう女を見るとカルロスはかっとして、虐めたくなった。赤ん坊が可愛いのはせいぜい一時間だということになるのだった。〈おれは泣き喚く赤ん坊を藪の中に捨てるような男なんだ〉カルロスは頭をかかえ、十字を切った。〈多分、神が必要な男なんだ。――〉しかし、カルロスは心の中で思っていることとはぜんぜん別のことをスウに言った。

「この間、民族音楽のことを言っていたけれど、やりたくないものならいつだって辞めたほうがいいよ」もしかしてスウが自分の生活を投げすてそうな気配を示しはしまいかと、カルロスは半ば怖れ、半ば期待しながら大急ぎで軌道を修正した。「しかし、きみが、東洋の血を持っているという意識から、意図的にそれらの国々に特別の関心を持ち、他の人よりはそれについてたくさんのことを学ぶようになり、いろんな機会を与えられる中で、意志的に選択する自由があっての上で、結果的にきみがその道の専門家になったのだとしたら、それはそれでいいのじゃないかね。

たとえば、ぼくはムーア人やインディオの祭典を記憶すべきだと強制されなくても、なんとなく、そういうものを観たり聞いたりする機会があれば、全然関係のない奴よりはいくらか関心を持つんじゃないかな。

もしかしたら、ぼくがこんな島に住みつこうと決心したのだって、祖先の誰かが湖の中に閉じこめられた島の中にピラミッドや宮殿を造ったからかもしれないんだからね。

そして、一年のうち二百日も雨の国だということこそ、ぼくをこの町に住まわせる決意をさせたというようなことだって、さんざん水に苦しんだぼくの祖先のせいかもしれないからね。何しろぼくはもの心ついたときから、奇怪な羽毛の生えた蛇だの、水の神のイメージの中でこそ生存が可能だ、というふうに考えていたからね。インディオたちはそういう神々を祭って生きていた。

それで、今度は滅多に太陽が輝かない雨の国に馴れると、太陽のことがやたらに大きくぼくを支配し始めた。採光のことが一番大きくぼくの頭にのさばって、家をつくったとき窓の位置を考えただけで、途端にその窓辺に適した植物の面影がずらりと心に浮かぶんだよ。たとえば北側のぼんやりした採光のところなら、アフリカンヴァイオレット、南側には、カクタスというふうに。それはつまりぼくの祖先の太陽神に対する心なんだな。かっと照りつける輝く太陽に対する矢もたてもたまらない郷愁といったものが、強烈な色に対する憧れになっていて、ぼくはどうもぼんやりした中間色が好きじゃない。代赭色《たいしゃいろ》の土の色に負けないほどの鮮やかな緑とかコバルトブルー、それから向日葵《ひまわり》やオレンジやオリーヴの色が好きなんだ。こんなのはやっぱり、ぼくのさまざまな祖先たちがそれぞれにいいと思って、ぼくのからだのどこかに、いまだに居坐っている感覚なのだから、どうにもならないよ」

「まあね――。わたしも今ではごく自然に自分の暮しを大切にしているわ。多分、夫が死んでから、やっと自分をとり戻せたのよ。べつに強制されてこういう暮しをしているわけでもないと。むかしは朝鮮や日本のことを根掘り葉掘り訊かれると、むしゃくしゃしたものだけれど、今では同じことを訊かれても、他人のことを語るように答えられるようになったわ。好奇心のある人たちを適当に満足させてやろうと。愛国心というわけでもなく、そういう国々で、そういう人々が、そういうふうに生きたこともあっただろうと、半分はそういう心の中にはいりこみながら、半分はもの哀しい気分で自分の冷酷さをなじりながら、そういう音楽を奏でられるようになったのよ」

「おれたちはつまり、あんまり長い間、他所者《よそもの》扱いされてばかりいたから、社会的に自分を主張する段になると、いつも妙に白けた気分になるんだ。社会に参加していると自惚れている奴らから、条件づきで相応の参加を要請されたりすると、ふんと言いたくなる。ふんと思いながらも、いそいそとふるまう自分がまたやりきれない。せめて、ときたま甦る、ずっと昔の、生きものの記憶にすがりついて、——自分を慰める」

どうしてそういうことを知っていたのか、全然わからないとスウは言った。

「生まれる前から知っていたのよ」スウは言った。カルロスもそうだと思った。

「どうしてこんなことを考えついたのかしら」

「ぼくはまた、きみは学問があるんだなあ、と思ったのさ」

「わたし、本を読むのが苦痛なたちなの」

「民族音楽学の本でなくてもかい」

「だって、そういう本って、学問めいた話にしないと発禁になるんじゃない。わたし、学問めいた本を読むよりは、こういうふうにして学ぶたちだわ」

「どっちにしても学問があるよ。ぼくは無学文盲の女に憧れているのに。教育者って、一番やりがいのある愉しい仕事なのに、無学のやつがいなくなったら――」

「あなたは教え子に色眼を使う不道徳な教師だわ。でも教え子に色眼を使えないような教師は秀れた教師とは言えないわね」

「きみの祖先とぼくの祖先は確かにこういうふうにしたと思うよ」

「わたしたち、すこし、喋りすぎると思わない」

「――」

「御歯黒というのを知っている？　歯に鉄漿《かね》をつけて黒く染めるのよ。マニキュアのように」

「ペディキュアのように歯の先がなめらかになるのだろうか」

「さあ」

「黒く光った歯で――」

「口の中が暗いほら穴のように見えるわ」

「暗くて何も見えない」

「犀《さい》はひどい近視で、敵がすぐそばにくるまでぼんやりしているのね」

「アフリカで一番怖ろしいのは象と犀だそうだ。そのときになるまで行動の予測がつかない」

「ではきっと、わたしたちの祖先は犀よ」

「あるとき、海から、屋根の十字架に鷗のとまった寺院が見えた。ただそれだけだ」

「欲望がなくなってしまうと、死ぬことが平和な憩のように思える」

「死ぬことはひどく簡単なことのように思えるわ。もし、あなたがわたしを、今、殺すと言っても、殺されてあげてもいいわ」

スウは海の底に横たわって、もう少しも気泡を発しなくなった屍体みたいだった。それは白い海蛇の脱殻《ぬけがら》のようだった。

カルロスは急に小さく仔犬のように丸まって怯えたり、眼を血走らせた犀のようになったりした。醜い皺のよった犀。

「わたし、リュートを始めようと思うのよ」突然スウは言った。「琵琶とかマンドリンとかギターとかいうのでもなくて、——世界にひとつしかない楽器がいいわね」

酔いが醒めたら、自分の言った言葉は木枯しの中の蓑虫の哭き声のように、相手の言った言葉は夢の中で聞いた風の音のように思い出すのがよい。

「——行く前に——宿賃をお払いしなければならないと思うのよ」

「——きみには高すぎて払えないよ。ぼくは、叩き売りをしない方針なんでね。それよりも、クリスマスの休暇に、スグリに会いに、また来てくれる？　そうしたら借金は帳消しにしよう。ぼくは強欲なんだ。借金は必ずとり立てる」

「手切れ金の領収書をああしていつまでもとっておくのはそういうわけなの」スウは赤いてんとう虫をちらと見て言った。

「きみは、もしこのままここにいれば、ぼくにブランクの小切手を書かせられるのに」スウが決して残らないのを確かめたとき、カルロスはほっとして、夢みるように言った。

「あなたに不渡り手形を出させないくらいの金額しかわたしが書きこまないって、どうしてわかるの。わたしは多分、あなたと同じくらい強欲だもの。――スグリのことを知らせて頂戴。それから、すぐりのお酒が酸っぱくなりすぎないように、ときどき気をつけてね。クリスマスにもし来られれば、すぐりのパイが焼けるように、砂糖漬けを少し残しておいてね。鮑となまこの酢漬けは、もしあなたが食べないのなら、マリヤかアヤにあげて頂戴」

翌日スウは午前中の飛行機でS市に帰った。雨が降って雲が低く、飛行機が降りられないのではないかと案じていたが、ほんのわずかの雲の切れめに、舞い降りて、また、あっという間に飛び立った。

秋になるとスグリは夜、鎖につながれて哀しげな声で哭き立てるようになり、赤褐色の毛皮はじょじょに灰褐色に変り始めた。夕ぐれが急速に短くなり、くる日もくる日も雨が降った。

雨は霙《みぞれ》に変り、すぐりやこけももの草はすっかり引き落ち、潮の引きはぐっと少なくなり、カルロスはわざわざ舟で海を渡ってまで隣の島には行かなくなり、スウの並べた貝殻や流木の上に蜘蛛が巣をかけ、脚を折りまげて乾いた翅虫の屍体がうずくまり、窓のすき間から、枯れた針葉樹の葉が吹きこんだ。

ある朝目醒めたカルロスは、あたりの異様なあかるさに立って行って窓を覗くと、雪化粧した針葉樹の林の裾で、白雪の渚をねぶる海が鮮やかな黒さで沈んでいた。

家の中を歩きまわって音を立てても、いつものようにスグリは戸を叩かず、カルロスがいやな予感で戸をあけると、鎖は切られて雪の上にスグリの足跡が裏隣の島に向う渚に続いていた。あけ方に大きく引いた潮がまだわずかに二つの島の間のつながりを残していて、スグリの足跡は空家をひとまわりして更に裏の林に続き、それから本土に突き出た岬に向う渚で消えていた。数回呼んだが、もちろん足音は聞こえず、カルロスは潮が満ちないうちにと大急ぎでひき返したが、もう靴が波をかぶるほどになっていた。

いなくなったスグリのことを考えながら、それでもいつものようにボートで町に出かけ、印刷所に出る前に郵便局に寄るとスウから葉書が来ていた。

「初雪が降りましたから、今年はホワイトクリスマスになるでしょうか。もうすぐりのお酒ができる頃だと思います。きっとスグリはギムレットより、もっとすぐりのお酒が好きですよ」

なんと返事を書こうかと、カルロスは考えて、印刷所で半日ぼおっとしていた。クリスマスカードの注文の多い時期で、何人かの客が入れ替り立ち替り出入りした。アヤもやって来て、〈がらくた博物館〉の一角でとった家族の写真を入れたクリスマスカードを注文した。

笙や篳篥や琴や琵琶や、リュートやギターやハープやマンドリンの並べてある脇に、ラスを中心に娘のチヅとアヤが両方からよりかかるようにして顔を寄せ合ったカラー写真である。

「最近ラスは楽器造りに凝っていますの。古い楽器の写真や説明書を頼りに、変ったリュートや琵琶を造っています」アヤは言った。

「そういえば、スウがリュートを欲しがっていたっけ。——そうだ、あなたの御主人に……」

「スウはクリスマスには来るんでしょう、スグリに会いに——」

「——スグリがとうとういなくなったんですよ」カルロスは浮かない顔をして言った。「鎖を切って逃げたんです、今朝。せめて、——禁猟期に入ってからだったらねえ——」

スグリの話は今ではラスの〈がらくた博物館〉と同じくらい町で有名だった。

「狩人の姿をみかければ、スグリは大喜びで自分の方から挨拶に出かけていくでしょうからねえ。みつかったら、それでおしまいです」カルロスは言った。

「しばらく、この町で出される鹿の肉は食べられませんわねえ」アヤはため息をついた。

「鹿の肉は、もう永久に食えませんよ」カルロスは首を振った。「鎖をつないであったあすなろうの木の皮がひどくこすれて、はがれていました。スウがいなくなってからは、解禁の期間はぼくのいない間中昼もつないであったものだから、大分気が立っていたんです。遅かれ早かれ仕方がなかったんですよ――」

「あすになれば、また、島に渡って来るかもしれませんよ。きっと毎日遊びに来ますよ。それに――森で生まれた動物なんですもの、きっと生きのびられますよ。たとえ姿を見せなくなっても。きっと、スグリの中の不思議な力が、一番賢いやり方を指図してくれると思いますわ」アヤは慰めた。

行きかけて、アヤは戻って来て言った。「あすなろうの木っておっしゃったわね。そのあすなろうの木をもしお伐りになることがあったら、教えて下さいませんか。ラスが探しているんです。楽器の材料に――。あすなろうの木は、軽くて逆むけができないし、亜麻仁油《あまにゆ》でかためると、やわらかなしっとりとした艶がでて、最高なんです」

「――」カルロスはしばらく考えて言った。「ねえ、アヤ、ラスに頼んでみてくれませんか。リュートを一張つくってくれないかと、――。そういう約束なら、あのあすなろうの木を伐りましょう。スグリの思い出にしたいんです」

「スグリの?」

「ええ、スグリを鎖でつないであった木ですからね」

「生きものをつなぐことはできないのねえ――」アヤは再びため息をついた。

「祖先の血を忠実に伝えている生きものならね。鎖を切らないような生きものなら、ペットにできますけれどねえ」カルロスは言った。

「でも多分、そんなに早くはできませんわ。だって伐った木は、細工物にするには、しばらく乾かさなくちゃならないんですもの」

アヤはともかくその話を請負《うけお》って帰った。

アヤが帰ると、カルロスは事務所の机の抽出しから便箋をとり出して、スウに手紙を書いた。

「雪のあかるさで、今朝は早く目が醒めました。クリスマスにはすぐりのお酒を飲みましょう。あすなろうの木を伐って、あなたに贈るリュートをつくろうと思います。スグリがあんまり鎖をこすらせたので、すっかり皮がむけましたし、あの木は日陰になりすぎるのです。すぐりのお酒を飲みながら、琵琶を弾けば、スグリがすぐりのお酒をねだりに帰ってくるかもしれない。子供の頃食べたものは、いつまでたっても好きなものですからね。こんな寒い国では山にお酒のわく泉があるとも思えません。エスキモーは白人がくるまでお酒の味を知りませんでした。お酒になる穀物も木の実も、それから、それがあったとしても、自然発酵するほどの自然の温度もなかったんです。でも今じゃアル中がいっぱいいます。

あなたがいなくなってから、ぼくは飲んでばかりいて、この分ではアル中になりそうです」

〔1975年2月『がらくた博物館』初刊〕

P+D BOOKS ラインアップ

大陸の細道　木山捷平　●世渡り下手な中年作家の満州での苦闘を描く

変容　伊藤整　●老年の性に正面から取り組んだ傑作長編

若い詩人の肖像　伊藤整　●詩人の青春期の成長と彷徨記す自伝的小説

好きな女の胸飾り　舟橋聖一　●若き妻と学生を接近させる夫の屈折した心理

淡雪　川崎長太郎　●私小説家の〝いぶし銀〟の魅力に満ちた9編

女のいる自画像　川崎長太郎　●私小説作家が語る様々な女たちとの交情

P+D BOOKS ラインアップ

暗い流れ	和田芳恵	●性の欲望に衝き動かされた青春の日々を綴る
なぎの葉考・しあわせ	野口冨士男	●一会の女性たちとの再訪の旅に出かけた筆者
暗い夜の私	野口冨士男	●大戦を挟み時代に翻弄された文人たちを描く
故旧忘れ得べき	高見 順	●作者の体験に基く〝転向文学〟の傑作
貝がらと海の音	庄野潤三	●金婚式間近の老夫婦の穏やかな日々を描く
せきれい	庄野潤三	●〝夫婦の晩年シリーズ〟第三弾作品

（お断り）

本書は1988年に文藝春秋より発刊された文庫を底本としております。あきらかに間違いと思われるものについては訂正いたしましたが、基本的には底本にしたがっております。また、一部の固有名詞や難読漢字には編集部で振り仮名を振っています。

本文中には乞食、混血児、気違い、黒ん坊、三白眼、印刷屋、支那、ジプシイ、支那人、子守女、女中、盲、文房具屋、花屋、情婦、エスキモー、看護婦、インデアン、浮浪人、郵便配達夫、朝鮮女、黄色い小人、商売女、コミイ、情夫、ヴェトコン、女医、黒人、女優、かつぎ屋、闇屋、麻雀屋、パーマ屋、毛唐、後家、土着人、沖仲仕、大工、土方、無学文盲などの言葉や人種・身分・職業・身体等に関する表現で、現在からみれば、不当、不適切と思われる箇所がありますが、著者に差別的意図のないこと、時代背景と作品価値とを鑑み、著者が故人でもあるため、原文のままにしております。差別や侮蔑の助長、温存を意図するものでないことをご理解ください。

大庭みな子（おおば みなこ）
1930年（昭和５年）11月11日—2007年（平成19年）５月24日、享年76。東京都出身、1968年『三匹の蟹』で第59回芥川賞受賞。代表作に『寂兮寥兮』『啼く鳥の』『津田梅子』など。

P+D BOOKS とは

P+D BOOKS（ピー プラス ディー ブックス）とは
P+Dとはペーパーバックとデジタルの略称です。
後世に受け継がれるべき名作でありながら、現在入手困難となっている作品を、
B6判ペーパーバック書籍と電子書籍を、同時かつ同価格で発売・発信する、
小学館のまったく新しいスタイルのブックレーベルです。

がらくた博物館

2022年4月19日　初版第1刷発行

著者　大庭みな子
発行人　飯田昌宏
発行所　株式会社　小学館
〒101-8001
東京都千代田区一ツ橋2-3-1
電話　編集　03-3230-9355
販売　03-5281-3555
印刷所　大日本印刷株式会社
製本所　大日本印刷株式会社
装丁　おおうちおさむ（ナノナノグラフィックス）

ISBN978-4-09-352438-4

P+D BOOKS